MONOCHROM

IMPRESSUM

Herausgeber: Sophie Hilger
Kontakt: S_Hilger@gmx.de
Covergestaltung und Buchsatz: Sophie Hilger
Bildmaterial: shutterstock
Korrektur: Martin Müller

ISBN: 9798635157183

1. DER LETZTE

Seine nackten Füße gruben sich in den weichen Sand. Wie Seide fühlten sich die kleinen Körnchen zwischen den Zehen an. Eine Welle umwogte seine Knöchel, als wollte sie ihn sacht in ihrer Welt willkommen heißen. Das Wasser war kalt, aber das störte ihn nicht. Er schloss die Augen und genoss das Gefühl des Tiefersinkens. Als könnte der Strand ihn in sich aufnehmen, wenn er nur lange genug hier verharrte.

War ihm wirklich nie vorher aufgefallen, wie gut dieser Ort sich anfühlte?
Warum hatte er noch nie zuvor hier gestanden? Einfach hier gestanden und dem Ozean beim Leben zugehört?

Eine große Sturmmöwe schwirrte über ihn hinweg, neigte den Kopf und blickte zu ihm hinunter wie eine stumme Verbündete. Als wüsste sie, was er gesehen hatte.

Selig breitete er die Arme aus und sog die salzige Luft so tief in seine Lungen, dass sie seine ganze Brust einnahm.

»Hey, Mann.«

Die Stimme war ihm fremd, aber er hatte nicht das Bedürfnis, sich umzudrehen. Blickte einfach weiter aufs Meer hinaus. In die Weite, das endlose Sein. Eine plötzliche Einsicht machte ihn trauriger, als sie es vor ein paar Tagen noch getan hätte: Die Menschen verloren den Blick für das Wesentliche.

»Wo sind Ihre Schuhe?« Seine Schuhe … Tja, er hatte keine Ahnung. Musste sie wohl verloren haben.

Die Tatsache, dass ihm das vollkommen gleich war, jagte ein Lächeln über sein Gesicht.

Langsam, ganz langsam drehte er den Kopf und sah dem Mann, der sich ihm genähert hatte, direkt in die Augen. Der arme Kerl wusste nichts, rein gar nichts. Und deshalb war er ihm auch nicht böse. Er machte nur seinen Job.

»Was treiben Sie hier so allein, hm?«, meldete sich der Zweite zu Wort. Sein Körper war schlank und groß, das Gesicht fein geschnitten, die Stimme tief. Große Augen und eine kleine Nase, die er rümpfte, als der Wind ihm in den Rücken fuhr. Kaum älter als zwanzig. Fast noch ein Kind.

»Ich spaziere. Ist dieser Tag nicht wundervoll?«

»Genug spaziert, Kumpel.« Der Andere stand nur fünf Schritte von ihnen entfernt, trug die gleiche dunkle Jacke wie sein Mitstreiter und hatte die Hände in den Taschen vergraben. Er kaute auf einem Streichholz, wahrscheinlich gewöhnte er sich gerade das Rauchen ab. Viel kompakter und drahtiger als sein junger Freund, breite Kieferknochen, stechend blaue Augen.

Er würde es tun, das war sofort klar. Der Schmale war dafür noch zu grün hinter den Ohren.
»Man kann nie genug spazieren.« Der Ozean war so weit, so gigantisch, so friedlich. Die untergehende Sonne schwappte hinter die grauen Felsen, die die Bucht einkesselten, und besprenkelte das wogende Wasser mit rubinroten Fetzen.

»Unser Dasein ist ein Wunder, finden Sie nicht auch?« Er lauschte dem leisen, reibenden Geräusch, das der Schalldämpfer machte, als er auf die Pistole geschraubt wurde, ohne Angst.

Sie konnten es ihm nicht nehmen.

Niemand konnte es ihm je wieder nehmen.

Er hatte den Sinn in einfach allem gefunden. Vielleicht sogar den viel zerredeten Sinn des Lebens. Und wenn er jetzt ging, würde er als kluger Mann gehen.

»Finden Sie nicht auch?«, wiederholte er flüsternd und schloss die Augen, spürte wieder das Saugen des Sandes, der ihm inzwischen bis zu den Fesseln reichte.

Die Waffe klackte, als sie entsichert wurde.

Fast wie neue Schuhe. Bei dem Gedanken nickte er lächelnd. Kühle neue Schuhe. Der Strand, das Meer. Dieser Ort war sein neues *Für-immer*.

Der erste Schuss krachte ihm in den Hinterkopf, ein gleißendes Licht implodierte vor seiner Sicht und der Sturz nach vorn pochte im Rhythmus seines Herzens. Er schlug seitlich auf, aber es tat nicht weh, war nur hell und kalt. Die nächste Welle krabbelte über sein Gesicht, wie um ihn zu beschützen. Aus dem Augenwinkel sah er eine verschwommene Silhouette, die erneut die Waffe auf ihn richtete.

Ein wogender, roter Nebel umwehte ihn.

Schwarze Endgültigkeit vermischte sich mit dem Gurgeln des Wassers.

»Das war der Letzte«, hörte er undeutlich, während er starb.

Während dieser Ort seinen Körper in sich aufnahm.

Er ließ es zu. Es war in Ordnung.

Der Ozean würde ihn sicher wegschließen.

Ihn und sein Geheimnis.

Für immer.

2. POLIZEI

»Hände hoch! Polizei!“ Mikey warf die Tüte Salt-and-Vinegar-Chips in einem steilen Winkel in unsere Richtung und sie klatschte Tess frontal ins Gesicht wie ein krümeliges Sofakissen.

»So viel zu Ihren Reflexen, Officer«, schnaubte er kopfschüttelnd.

Tess sammelte die Packung auf und begutachtete sie. »Mann, du zerbröselst doch alles, du Vollhonk.«

Ich lehnte mich seufzend gegen die Wand und musterte sie. Ihre schulterlangen roten Locken und den wachen Ausdruck in den grünen Augen. Heute war ihr Tag. Und während Mikey weiter Zielwerfen mit ihrem hübschen Gesicht spielte, dachte ich darüber nach, wie verdammt stolz ich auf sie war.

»Erzähl doch endlich! Wie war deine erste Streife?«

So lange hatte sie Wachdienst geschoben und sich als Security in irgendwelchen Fabriken die Nächte um die Ohren geschlagen, ständig den Traum vor Augen, es irgendwann im mittleren Dienst mit den bösen Buben auf der Straße aufnehmen zu dürfen.

Zwei Jahre voll unerschöpflicher Hoffnung, Verzweiflung und Sehnsucht, und jetzt hatte sie es geschafft.

»Vorher müssen wir anstoßen, aber sowas von!« Sie holte einen kleinen Karton mit Piccolöchen hinter ihrem Rücken hervor und machte die Augenbrauenwelle, um die sie mein Freund David immer so beneidete.

»Das Zeug trink ich nicht.« Davids Gesicht verdunkelte sich und er kratzte sich an seinem markanten Kinn.
»Heute wird getrunken, was auf den Tisch kommt«, erwiderte ich streng und zwinkerte ihm zu.
»Hmmm, schon klar, Chefin.« Er drückte mir einen Kuss auf die Wange.

Etwas zu derb.

Mürrisches Stück!

Die letzte große Sache, auf die wir angestoßen hatten, war unser Zweijähriges gewesen.
Zweieinhalb Jahre an seiner Seite und ich konnte mich nicht glücklicher schätzen.

Er war einfühlsam und sanft. Unsere Kommunikation war so gut, wie sie mit keinem anderen Mann je sein könnte und er trug mich auf Händen.
Tess beneidete uns um das, was wir hatten. David ließ keinen Streit im Raum stehen und er war schön. Gott, war er schön …

Große dunkle Augen, schwarzes Haar und scharf geschnittene, glatt rasierte Züge. Er hasste Bart. Bei jedem Stoppel in seinem Gesicht bekam er nahtlos die Krise und verschwand fluchend im Badezimmer. Das war okay. Ein Bart würde sein Gesicht ohnehin zu hart machen. Er war auch so Mann genug.

»Genug geflirtet!« Tess stieß mir eines der Sektfläschchen vor die Brust.

»Also, *ich* liebe das Zeug! Könnte es trinken wie Wasser«, jauchzte Mikey und grabschte sich gleich zwei Exemplare aus dem Karton.

»Hey, Hey …« Tess schubste ihn grob und er empörte sich mit einer divenhaften Geste der Entrüstung.

Er nannte sich selbst gern unseren Quoten-Homo und auch wenn wir inzwischen alle die 30 überschritten hatten, er ningelte immer noch genauso gern wie damals in der zehnten Klasse.

Sogar die kleinste Fliege konnte ihn zu einer showreifen Eskalation treiben.

Die Mücke zum Elefanten machen. Der Spruch war eindeutig für Mikey erfunden worden.

Derzeit waren seine paar Pfunde zu viel das Lieblings-Jammer-Thema.

»Also, was wollt ihr zuerst hören? Die Geschichte der verrückten Alten, die vor das Konsulat gepinkelt hat, oder den unaufhörlich kotzenden Jungen an der Bushaltestelle der 59 nach Plymouth?« Tess wummerte ihre Flasche so sehr gegen meine, dass es schäumte. Sie war ein so feingliedriges Wesen, fast wie eine Elfe und trotzdem ein Mannweib sondergleichen.

Und da fragte sie sich ernsthaft, warum sie keinen Kerl abbekam? Sie hatten Angst vor ihr, verdammt! Eine rothaarige Fee, die rülpste und eine Dienstwaffe trug? Sorry, aber wäre ich ein Mann, würde ich rennen.

In ihren sehnigen Armen steckte ein grüner Hulk. Und es brauchte nicht viel, ihn zu entfesseln.

»Eine Rede! Eine *Rede*!« Mikey rückte an seiner runden Brille und rappelte sich umständlich auf.

Schmunzelnd lehnte ich mich gegen Davids Brust und griff nach den Chips.

Ich wusste, was jetzt kam.

»Leute!« Er stieg auf meinen Sessel und hob seine Flasche wie ein glücklicher Buddha. »Leute, wir kennen uns jetzt inzwischen seit siebzehn Jahren und ich liiiiebe euch so scheiße-sehr wie am ersten Tag!« Er warf David einen tadelnden Blick zu. »Dich nicht, Davie, aber ich würde dich sicher auch so lieben, wenn du nur ein bisschen offener für Spaß unter Männern wärst. Du würdest es nicht bereuen, glaub mir.«

Davids schwerer Seufzer prallte gegen meinen Hals.

»Ein Scherz, okay?« Mikey registrierte meinen Blick und breitete die Arme aus. »Ewa hat dich angeschleppt und sie liebt dich, dann ist es wohl Ehrensache, dass ich das auch tue … Hase.« Seine fülligen Wangen glühten.

»Also auf jeden Fall liebe, liebe, liebe ich euch und Tess, du steile Wikingerbraut, wenn Frauen mich auch nur ansatzweise anmachen würden, hätte ich dich schon lange in meine Höhle geschleppt und da würdest du nicht wieder rauskommen, ich schwöre es dir, du Luder!«

Wir lachten laut und Tess deutete eine Verbeugung an.

»Ich bin so stolz auf dich, Kleines! Du wirst all den kotzenden Jungs und pinkelnden Alten so heftig den Hintern versohlen, dass gegen Kotzen und Pinkeln ein verdammtes Gesetz erlassen wird und es nie, nein NIEMALS je wieder jemand wagen wird, in deiner Gegenwart zu kotzen oder zu pinkeln!« Er reckte das Gesicht zur Decke hinauf und sein »Amen!« ging in unserem Applaus unter.

»Gut gebrüllt, Löwe!« David stieß seine Flasche gegen die von Mikey, als der vom Sessel hoppelte, wie ein zu groß geratener Hase.

»Jetzt ich.« Ich drückte mich hoch. »So oft fragen sich Leute, was sie aus der Schulzeit mitgenommen haben. Was noch übrig ist nach all den Jahren Sozialkunde, Deutsch und Mathe, nach all den Jahren der Qual …«

Mikey stöhnte nickend.

Ich fuhr fort und hob meine Flasche.

»Wir wissen es. Wissen, was übrig ist. *Wir* sind übrig. Und was kann es denn geilere geben, als das?

Wir sind jetzt 33 und der Weg geht weiter, aber wir teilen ihn, als hätte dieses Drehbuch jemand für uns geschrieben, als hätte irgendjemand vor langer Zeit festgelegt: Wir drei bleiben zusammen, auch wenn das Leben uns so verdammt gern getrennt hätte. Ich meine, Mikey, sieh dich an: Computerprogrammierer. Das wolltest du immer sein und du bist es geworden.«

Er warf mir einen Kuss zu. Sein Blick war verklärt. Keiner war so nah am Wasser gebaut wie er.

»Und du, Tess.« Ich machte einen Schritt auf sie zu. »Baby, du hast jetzt alles, was du immer wolltest und es passt so gut zu dir. Ich weiß nicht, was ich sagen soll.«

»Dafür machst du es aber gut!« Sie schloss mich in die Arme.

»Und nicht zu vergessen«, Mikey umklammerte uns beide und drückte uns feuchte Schmatzer auf, »unsere Lieblings-Bar-Schlampe Ewa, unser blonder Engel, der so kurz davorsteht, seinen eigenen Pub zu eröffnen.«

Tja, auch ich hatte meinen Traum und die Unterschrift saß. Es bedurfte nur noch ein paar Umbauarbeiten, bis ich ihn erreicht hatte. Mein eigener kleiner Pub mit Live-Musik und warmen Gesprächen, in dem ich hoffentlich etliche Schicksale miteinander verweben würde.

Und *„blonder Engel"* … Tja, der Name war Programm. Schon immer hatte ich meine langen, goldenen Haare gehegt und ließ sie wirklich nur schneiden, wenn der Friseur mich vorher dreißig Minuten lang anschrie, ich würde bald meine Glatze polieren können, wenn ich jetzt nicht spurte.
Aktuell reichten sie mir bis zur Rückenmitte, aber länger ging immer.
Wir waren so verschieden und doch so gleich. Voller Hoffnungen und endlich reif genug, sie auch anpacken zu können.

Wir tranken und lachten, hörten alte Musik und Mikey weinte die halbe Nacht, wie immer, wenn jemand von uns etwas erreicht hatte.

Irgendwann ging David ins Bett, Mikey völlig verquollen nach Hause und Tess und ich setzten uns auf die Bank vor meinem Reihen-Häuschen, um den Abend mit Frauengesprächen ausklingen zu lassen.

»Bist du glücklich?«, fragte ich, während der Alkohol warme Wirbel durch meine Blutbahn sprudeln ließ.

»Na logisch. Ich doch immer.« Auf dem Holztisch vor uns stand ein Meer aus Kerzen, dessen Licht sich goldfarben in ihre kantigen Züge legte.

»Lügnerin!« Zwinkernd nahm ich noch einen schalen Schluck Sekt. Es musste inzwischen 1 Uhr durch sein.

»Ich werde auf jeden Fall Stammgast in deinem Pub. Du weißt schon, die graugesichtigen Bullen, die zu viel gesehen haben und deren Kommunikation nur noch aus Hmmm und Grrr besteht.« Sie grinste.

»Das, mein Herz, waren die Piraten.«

»Nein, die waren *Arrrrr*.«

»Nicht *Harrrr*?«

»Das sind die Schurken. Die *Schurken*!«

Während wir grölten und uns gegenseitig im Grimassen-Schneiden übertrumpften, schlenderte ein Typ mit Kapuze an unserer Terrasse vorbei. So langsam, dass es uns auffiel. Eigentlich klappten in Waverton spätestens um 23 Uhr alle Gehwege nach oben, wie es in Devon eben üblich war, und jeder kannte jeden.

Er blieb stehen und starrte auf den Boden. Höchstwahrscheinlich kam er aus dem *Fischloch,* dem – bisher – einzigen Pub im Ort, und war genauso betrunken wie wir.

»Kann man dir helfen?«, fragte ich.

Er drehte den Kopf in unsere Richtung.

So blaue Augen hatte ich noch nie vorher gesehen und das trotz der Dunkelheit.

Für eine Weile starrte er nur von Tess zu mir, um dann an mir hängen zu bleiben. Ein attraktiver Typ, etwas klein vielleicht, aber ich wusste sofort, dass er in Tess` Beuteschema passte.

»Bist du Ewa Walsh?« Seine Stimme klang freundlich. Und absolut gar nicht betrunken.

»Wer will das wissen?« Tess streckte die Brust heraus. Vielleicht, weil sie dachte, Polizisten müssten das so tun, vielleicht, weil sie ihn tatsächlich gut fand.

»Oh, Sorry.« Er streifte sich die Kapuze vom Kopf und zog ein Streichholz aus der Tasche, um es sich zwischen die Zähne zu schieben. Sein Haar war kurz geschoren und die Züge kantig. Ende dreißig vielleicht. Und so was von Tess` Beuteschema!

Ich bevorzugte eher dunkle Typen. Wie David.

»Hab den Namen auf dem Schild gesehen und dachte, ich stelle mich mal bei meinen neuen Nachbarn vor.«

Er deutete zu meinem Namen auf dem bronzenen Einschlag vor uns.

»Ja, ich bin Ewa. Nachbarn? Ziehst du etwa in das verwunschene Haus?« Ich zeigte hinüber zu der Baracke auf der anderen Straßenseite, an die sich seit vielen Jahren niemand herangewagt hatte.

»Verwunschen?« Er grinste charmant. »Wie nett. Muss ich mich auf eine fiese Geisterbraut einstellen?«

»Nur, wenn ich zu Besuch bin.« Tess nahm mir die Flasche ab und setzte sie an die Lippen. »Die Uhrzeit spricht nicht unbedingt für einen Kuchen, um die netten Leute von nebenan kennenzulernen, findest du nicht auch?«

»Oh, ich mag die Uhrzeit ziemlich gern.« Er schob sich sein Streichholz in den Mundwinkel und nagelte Tess` Blick fest. »Immerhin sehe ich hier draußen gerade nur noch Gesellschaft nach meinem Geschmack.«

»Dann zieh dich mal warm an, Freundchen!« Ihre Augen wurden schmal.

»Also gut, Ewa Walsh.« Sein Blick huschte wieder zu mir. »Hat mich gefreut. Ich geselle mich mal wieder zu meiner verfluchten Braut. Vielleicht macht uns ja auch noch Beetlejuice seine Aufwartung. Wir sehen uns.« Noch ein knappes Nicken zu Tess und weg war er.

Für einen Moment schwiegen wir beide, dann platzte es aus ihr heraus: „Rate mal, wer ab heute auf deiner Terrasse wohnt?"

»Ich wusste es«, prustete ich und verschluckte mich fast an meinem Sekt.

»Was für ein Schnittchen, heilige Maria und Joseph.« Sie starrte geplättet ins Nichts. »Hast du diese Hände gesehen? Damit kann er dich bestimmt ...«

»Tess!«

»Was? Erzähl mir doch nicht, der Blümchensex mit David würde dich auf Dauer befriedigen!«

»Tess! Nicht so laut!«

»Ja, das kann er ruhig hören! Eine Frau will, verdammt noch mal ordentlich angepackt werden.
Wir sind nicht aus Puderzucker. Davie-Boy sollte schleunigst dazulernen, wenn er das dritte Jahr mit dir erreichen will.«

Eine Weile starrte sie mich an, dann mussten wir beide lachen. Ja, David war sanft in jeder Hinsicht, aber ich kannte es nicht anders. Und ich wollte es nicht anders.

»Du, mein liebes Fräulein« Tess rümpfte die Nase, »weißt gar nicht, was Leidenschaft ist. Und das wirst du mit ihm auch ganz bestimmt nicht mehr erfahren.«
Ich sparte mir jeden Kommentar.

Manchmal war es gar nicht gut, dass beste Freundinnen über alles redeten.

»Und weißt du, was er auch nie können wird?« Sie traf mit dem wilden Armschwenk fast meine Nase und ich zog erschrocken den Kopf zurück. »Dich vor diesen furchtbaren Albträumen beschützen.«

»Keiner kann jemanden vor seinen Träumen beschützen, Schätzchen.«

Ich lächelte unglücklich.

Seit vier Monaten quälte mich dieses nächtliche Kopfkino jetzt inzwischen. Und niemand würde mich davon erlösen können, außer mir selbst. Tess war augenscheinlich stramm wie zwanzig Seemänner.

»Ich sag ja nur ... Du könntest ruhig ein bisschen offener für andere Männer sein, die nicht so verweichlicht sind wie David. Eure Schmonzette langweilt mich ja schon beim Zusehen. Apropos ... Sag mal ...« Sie legte den Kopf schief. »Seinen Namen hat uns der Neue in town jetzt aber nicht verraten, oder?«

Nein, das hatte er nicht.

Und es fiel auch mir jetzt erst auf.

3. SIEBEN LEBEN

Als ich zu David ins Bett krabbelte, brummte er zufrieden und umhüllte mich mit der Wärme seines Körpers. »Baby, du bist ganz kalt«, murrte er schlaftrunken.

»Damit du mich wärmen kannst. Wozu hab ich dich denn sonst angeschafft?«

»Angeschafft, hm?« Er strich mit den Fingern über meine Schläfe und hauchte einen zarten Kuss auf meine Lippen. »Sekt«, stellte er fest. »Viel Sekt.«

»Eimerweise.« Schuldbewusst blickte ich in seine Augen. Das Licht des Mondes ließ sie fast schwarz wirken. Dass sie so dunkel waren machte ihn unantastbar. Tess nannte ihn deshalb sogar manchmal Den Schneemann. Sie wusste selbst, dass er nicht so war. Wenn man ihm schon etwas nachsagen konnte, dann höchstens Bodenständigkeit. Aber er war nicht kalt.

Erwachsen.

Langweilig, nannte es Tess.

Schön.

Zu perfekt.

Sanft.

Leidenschaftslos.

Und dass er sogar Mücken aus dem Fenster manövrierte, weil er sie nicht töten konnte, hatte ihm den nachhaltigen Spitznamen Obermuschi in unserer Clique eingebracht.

Sie waren alle nur neidisch. Ich liebte gerade dieses Zarte an ihm. Er musste eben keinem beweisen, dass er ein Mann war, indem er auf das Empire State Building kletterte und sich wild auf die Brust trommelte.

»Baby, du wolltest nicht mehr so viel trinken«, flüsterte er warm gegen meine Lippen. »Das macht es nur schlimmer, hast du gesagt.«

»Ich weiß.« Seufzend zog ich ihm ein Stück Bettdecke weg und drehte mich auf die Seite. »Ich weiß.«

In Wahrheit wusste ich nicht, ob das es schlimmer machte. Ich weigerte mich vehement, zu diesem Psycho-Doktor zu gehen. Wusste ja selbst nicht, wo diese Träume plötzlich herkamen. Wie sollte es dann bitte ein Wildfremder wissen?

Eine hysterische Sequenz, nannte es meine Mutter. Ein Knoten im Kopf, den nur ein Profi entwirren konnte.

Ich hatte nicht vor, ihren Bitten nachzugeben. Viele Menschen träumten schlecht und ließen sich deshalb nicht gleich einweisen.

Fakt aber war, dass ich mit jeder Nacht ein wenig mehr Angst hatte, einzuschlafen. Ich begann, es zu hassen.

Es entriss mir die Kontrolle über das Gute und warf mich in eine falsche Welt, die sich wie die Wirklichkeit anfühlte und in der mir das Grauen begegnete. Ich wollte dieses Grauen nicht mehr treffen. Wollte hier bei David bleiben. In unserem warmen Bett, in dem ich mich vor dem Bösen unter der Decke verstecken konnte wie ein Kind.

Miaaaaaaaaaau!

»Ja genau«, stöhnte David und hieb mit der Faust gegen die Wand. »Irgendwann bring ich das Vieh noch um.«

»Als ob.«

Ich musterte amüsiert sein markantes Profil.

»Ohne Mist! Immer, wenn ich früh raus muss.«

»Das darfst du ihr nicht übelnehmen. Sie kriecht wegen der Ratten dort hinein.«

Unser Haus war früher ein Buchladen gewesen und der Keller das zugehörige Lager. Von dort aus führte ein maroder Lastenaufzug bis hinauf zu unserem Wohnraum. Damit waren sie damals der fiesen Schlepperei aus dem Weg gegangen.

Bücher konnten verdammt schwer werden. Vor allem wenn sie im Rudel auftraten. Die Baracke gegenüber hatte dem Buchhändler als Wohnhaus gedient und war unterirdisch mit unserem verbunden.
Die Katze schlich sich also in das Haus gegenüber und kam über den dürftig vermauerten Gang zu uns herüber. Mithilfe des verfallenen Aufzuges gelangte sie direkt hinter unsere Wand und terrorisierte uns von dort aus Nacht für Nacht.

»Ja, diese verfluchten Ratten!« David drückte sich das Kissen über die Ohren.

Wäre er nicht so bedacht auf jedes Leben dieser Welt, hätte er schon lange den Kammerjäger gerufen, aber er konnte die Vorstellung nicht ertragen, dass diese unschuldigen Wesen kollektiv vergiftet wurden.
Rattengift ist die barbarischste Erfindung der Menschheit, betonte er jeden Tag, seit diese Biester dort unten hausten.

Es lässt sie langsam von innen verbluten. VERBLUTEN! Würde ich den verfluchten Kammerjäger rufen, wären wir wohl die längste Zeit ein Paar gewesen. Auch wenn es mir eine Heidenangst machte, dass sie sich da unten vermehrten wie eine Seuche.

Eigentlich hatte ich mir vorgenommen, diesen gruseligen Gang zu vermauern, sobald mein Pub fertig war, aber jetzt schien sich die Sache ja von allein zu klären.

»Das hat bald ein Ende«, flüsterte ich.

»Hast du etwas gesagt?« David zog sich das Kissen vom Gesicht.

»Drüben im verwunschenen Haus zieht jemand ein und wenn sie den Keller renovieren, werden sie das Nest mit Sicherheit finden.«

»Was sagst du da? Wer soll dieser Jemand sein?« Er stützte sich auf die Unterarme und starrte mich an. Im weißen Mondlicht wirkten seine Züge eckig wie mit Bleistift skizziert.

»*Da drüben*?«

»Ja, da drüben.«

Der örtliche Buchhändler Mr. Greenie, der mit seinen knubbeligen Fingern sein Heim eigenhändig in grauer Urzeit mit unserem verbunden hatte, wäre vor zwei Wochen 90 geworden, aber irgendetwas hatte ihm schon vor vielen Jahren das Leben aus den Adern gesaugt. Etwas, das er nicht länger hatte ertragen können. Die Konsequenz … Selbstmord.

Seine Frau und er.

Alle beide.

In besagtem Haus auf der anderen Seite.

Keiner wusste, warum, aber es musste ein grässlicher Anblick gewesen sein. So grässlich, dass die Nachbarn angeblich sogar versucht hatten, das Haus abzufackeln, um diesen Schandfleck nicht mehr in ihrer Nähe haben zu müssen. Einen *verfluchten Ort* nannten sie das Anwesen. Aber das waren nur noch alte Geschichten und ich gab nicht viel auf Ammenmärchen.

David dafür umso mehr.

Seiner Meinung nach vermehrten sich die Ratten nicht ohne Grund so rasend dort unten.

Er war überzeugt von der Boshaftigkeit des Hauses. Ohne mein Zureden wäre er auch niemals so nah an diesen Unglücksort herangezogen. Aber gerade dieser schlimme Vorfall hatte den Preis unserer Bleibe so immens sinken lassen, dass ich nicht Nein sagen konnte. Für mich hatten Gebäude keinen Charakter.

Wie sollten Steine bitte Arschlöcher sein?

Das schafften nur Menschen.

Und manchmal Katzen …

»Dieser Neue … Woher weißt du auf einmal von ihm?« Er fixierte mich eindringlich.

»Hab ihn vorhin gerade kennengelernt. So ein komischer Kerl. Holt bestimmt seine Familie nach. Für einen allein wäre das Haus wohl etwas zu groß.«

Einen Moment lang starrte er mich nur an, als könnte er nicht glauben, was ich da erzählte.

Miaaaaaaaauuuuuuuu.

»Nicht cool.« David wischte sich übers Gesicht.

»Gar nicht cool. Ein Fremder, der die Geschichte des Ortes nicht kennt.«

»Tess findet ihn gut.«

»Ach sieh an, und nur weil die gute Tess mal wieder mannscharf ist, willst du ihn da drüben blind ins Verderben laufen lassen? Nein. Ich werde ihn warnen, sobald ich ihn sehe. Das ist nicht fair.«

»David!« Ich setzte mich im Bett auf. »Wovor willst du ihn bitte warnen? Dass da drüben ein Geist umgeht, der Bücher von Stephen King verkauft? Davor, dass dort vor hundert Jahren mal einer zu viele bunte Pillen geschluckt hat und seine Frau das Ganze nicht ertragen konnte? Vielleicht ist in der Hinsicht auch nicht jeder so zart besaitet wie du? Es klang vorhin nicht so, als würde ihm so etwas was ausmachen.«

»Sprich nicht so respektlos darüber, Ewa. Es war ein verdammter Giftcocktail. Und seine Frau hat sich das Gesicht mit einer Schrotflinte weggeschossen. Kannst du mir sagen, warum so etwas passiert? Aus heiterem Himmel? Meine Güte, du kanntest den Mann doch. Er war herzensgut. Lebensbejahend.«

Es stimmte. Ich hatte Mr. Greenie gekannt.

Er hatte ab und zu auf mich aufgepasst, als ich noch ganz klein war. *Onkel Greenie* hatte ich ihn immer genannt. Es war verflucht lange her, aber ich erinnerte mich an den geheimnisvollen Duft seiner Bücher. Jedes Einzelne hatte er behandelt wie einen zerbrechlichen Schatz. Warum ich eines Tages plötzlich nicht mehr zu ihm gedurft hatte, wurde mir von meiner Mutter allerdings nie begründet.

»In beinahe jedem Haus sind schon furchtbare Dinge passiert. Ich will nur nicht, dass du dich lächerlich machst.«

»Was willst du damit sagen?« Seine Muskeln strafften sich und an der Schwere seines Blickes erkannte ich, dass ich ihn verletzt hatte. Mist!

»Ich … ich meine ja nur …«

»Lass es!«, zischte er so kalt, dass es mir einen Stich ins Herz versetzte.

»Ich weiß sehr genau, was du meinst.« Fahrig zog er sich die Jeans über und grabschte nach seinem Kopfkissen. »Du willst dich nicht blamieren mit deinem Mädchenfreund, der an Caspar, den Geist, glaubt. Mit deinem …«

»… David, hör auf damit!«

»… deinem …«

»DAVID!«

»Okay.« Er verharrte in der Bewegung. »Okay, du hast recht. Wir lassen das. Es führt ja doch zu nichts. Ich werde nicht mit ihnen sprechen. Aber es ist nicht mein Fehler, dass du so extrem engstirnig bist und nur von einer Wand zur nächsten denkst. Lass dir das mal durch den Kopf gehen!« Er griff nach seinem Rucksack und setzte sich in Bewegung.

»Wo willst du hin?«, fragte ich mit dünner Stimme.

»Rüber aufs Sofa. Heute Nacht bleibst du mit deinen Dämonen allein, Ewa Walsh.«

Den Rest der Nacht starrte ich gegen die kalte Wand neben dem Bett und hoffte, die Sonne würde bald aufgehen.

Hinter dem Mauerwerk rumpelte es unaufhörlich und der Lärm hielt mich wach.

Die Katze war auf der Jagd. Ob es wirklich stimmte, dass eine Katze sieben Leben besaß?

Was sollte man mit sieben verdammten Leben, wenn doch eines schon ausreichte, um einen in den Wahnsinn zu treiben … Und wenn es stimmte, waren all diese Leben gleich? Fing sie immer wieder neu an, oder drückten die vorherigen Leben auf die neue Seite durch wie ein Bleistift durch dünnes Papier? Würde die Katze in jedem der Leben immer wieder diese Ratten foltern? Sie zu Tode spielen? Und warum waren den Ratten keine sieben Leben vergönnt?

Seufzend zog ich die Beine an die Brust.

Warum war das nur alles so verflucht kompliziert?

Sollte David doch an seine Geister glauben und ich an meine. Warum mussten Menschen einander ständig wegen ihrer Ansichten verletzen?

Engstirnig … Stimmte das?

War ich engstirnig? Er hätte mich auch gleich *dämlich* nennen können. Ich war wütend. Auf ihn und auf mich, weil ich damit angefangen hatte.

Miaaaaauuuu.

Halt die Klappe!

4. WELLEN

Alles kommt in Wellen.

Glück. Trauer. Liebe. Leben. Schmerz.
Wellen, die dir gegen die Beine klatschen und sich wieder zurückziehen. Manchmal sind sie heftig, eiskalt, reißen dir die Füße unter dem Körper weg.

Und manchmal sind sie wunderbar warm und sanft, umhüllen dich wie ein Versprechen.

Ein geflüstertes Versprechen, dass immer alles gut wird, wenn sie nur weiter bei dir sind.

Manchmal bleiben sie länger und manchmal sind sie bloß eine Ahnung, ein kurzer Besuch.
Alles kommt in Wellen … Und geht in Wellen.

Genau das dachte ich, als ich in diesem Wasser stand. Das Meer war sanft und die Sonne küsste den Horizont. Das Leben war ehrlich, während die Brandung sacht gegen meine Knie wogte. Ehrlicher, als es an einem anderen Ort je sein könnte. Das hier war so wahr, dass ich es greifen konnte.

Ich schloss die Augen und ging tiefer hinein.

Meine Fingerspitzen wurden von einem kühlen Kuss benetzt. Ein Für-immer. Das Meer war immer da. Ein Für-immer voller Geheimnisse.

Die Flügelschläge einer Möwe knapp über mir.

Noch ein Schritt nach vorn und noch einer.

Ein sackartiger Klumpen stieß gegen meine Finger und ich öffnete fragend die Augen.

Der Ozean hatte etwas zu mir getragen. Algen. Alles voller Algen. Aber das Knäuel war merkwürdig statisch. Meine Finger griffen nach den fransigen Enden des Pflanzenbüschels und zogen daran.
Was sollte …

Der grüne Busch gab etwas Weißes frei und ein ungutes Gefühl machte sich in meiner Magengrube breit. Aber ich musste es wissen, konnte nicht aufhören. Ziehen, ziehen, immer weiter. Was war das?

Es sah aus wie ein … Das konnte nicht sein!

Wie im Wahn entwirrte ich das Gestrüpp weiter, der Sand zog meine Füße tiefer, das Wasser wurde wütender. Und dann plötzlich gab das Geflecht nach und rutschte auseinander. Mir wurde schlecht vor Entsetzen und hätte das Wasser mich nicht gehalten, wäre ich gefallen.

Ein Mann.

Ein toter Mensch.

Seine Haut war aufgedunsen und seine Augen starrten aus den Algen heraus zu mir hinauf. Das Meer verhinderte, dass ich schnell genug zurückweichen konnte. Tot? Nicht tot? Seine weiße Hand griff nach meinem Unterarm und er klammerte sich an mir fest, während der Mund in seinem verzerrten Gesicht mir unter Wasser etwas zurief.

Mein Schrei schwappte in die Wirklichkeit hinüber und ich fuhr im Bett hoch.
»Scheiße!« Ich vergrub keuchend das Gesicht in den Händen. »Scheiße!«

Wieso war ich eingeschlafen?

Wieso?

Meine Finger zitterten, als ich prüfend meinen Unterarm betastete. Noch immer fühlte ich seinen Griff, sah seinen Blick.

Nur ein Traum, Ewa! Ein Traum, nichts weiter!
Als ich mich hochdrückte, um mit weichen Knien ins Bad zu taumeln, fiel mein Blick auf die Visitenkarte des Psychiaters auf dem Nachtschrank, die meine Mutter mir gegeben hatte.

Eine hysterische Sequenz. Ich warf sie in den Papierkorb. Eine Sequenz war etwas, das von allein verschwand. So etwas brauchte keine Flicken, die ein Wildfremder einem auf die eingeredeten blauen Flecken quatschte.
Alles würde gut werden. Von allein. Irgendwann.
Wasser in mein Gesicht.
Das half immer.

David war bereits bei der Arbeit. Ein Job im Gartencenter. Er leitete dort das Team und liebte es.

Ich ging hinüber in die Küche, um mir einen schwarzen Tee zu kochen und die Katze huschte draußen durch den Vorgarten. Sie war schwarz. Vielleicht verachtete David sie deshalb so sehr. Schwarze Katzen, Schornsteinfeger, Leitern und der ganze Quatsch. Er glaubte fest an all die Altweibergeschichten.

Während der Wasserkocher schrill zu pfeifen begann, rannte die pelzige Rattenjägerin einmal in der Länge von links nach rechts über den Rasen und starrte mich mit ihren glänzenden Augen an.

»Vergiss es«, winkte ich ab. »Nicht mit mir!«

Von links nach rechts, da pecht's.

Pech, pah! Wenn überhaupt, dann war Pech ja wohl etwas, das man selbst zu verantworten hatte. Sie sprintete über die Straße hinüber zu dem Haus, das ich jetzt noch ein wenig mehr hasste, weil David und ich uns deshalb gestritten hatten.

Ich erschrak fast ein wenig, als dort drüben auf der Veranda der Typ von letzter Nacht stand und zu mir herüber sah.

Was hatte ich erwartet?

Er wollte da einziehen, natürlich durfte er auf der Terrasse stehen. Heute trug er keine Kapuze und ich konnte sein raspelkurzes blondes Haar erkennen.

Langsam hob ich die Hand und er ließ sich Zeit, meinen Gruß mit einem knappen Nicken zu erwidern. Ein anderer Typ lud einen Karton aus einem hellen Van und schleppte ihn an ihm vorbei ins Haus.

Jung und dürr wie ein Mädchen.

Ob die beiden zusammen waren?

Dann taten sie mir jetzt schon leid. Mikey würde sich auf sie stürzen wie eine Motte aufs Licht. Er war einer Art Wahn verfallen, sich mit jedem Gleichgesinnten im Umkreis von 500 km anfreunden zu müssen.

Das wäre jetzt meine Chance, die Jungs vor ihrem Hausgeist zu warnen.

Wäre ich clever, würde ich es tun. Dann müssten David und ich nicht mehr streiten.
Komm schon, Ewa, sei ein kluges Frauchen und geh hin!
Ich verbrannte mir die Zunge am Tee. Kochend heiß. »Verfluchter Mist!«

Nur über meine Leiche würde ich da hinüber gehen und ihnen mit Davids Spukgeschichten auf den Wecker fallen.
Wenn in diesem Haus da drüben tatsächlich ein Teufel hauste, mussten sie ihn schon selbst kennenlernen. Ich hatte mit meinem eigenen genug zu tun.

5. STALKER

»Bitte wie hat der Knilch dich genannt?« Tess knallte ihr Bierglas ein wenig zu hart auf den Tresen. »Engstirnig … Er hätte auch gleich dämlich sagen können, ist es nicht so?« Ihre grünen Augen funkelten abschätzig.

»Ich denke einfach, sein Mundwerk war mal wieder schneller als sein Kopf.« Ich würde ihr nicht die Genugtuung geben, auszusprechen, dass ich das Gleiche gedacht hatte.

Er war einfach wütend gewesen und ich ebenso. Fertig.

»Du entschuldigst ihn ständig. Das geht mir wirklich gegen den Strich, Fräulein. Er hat dich dämlich genannt, sieh es ein. Und wenn er sich dafür nicht entschuldigt, verpasse ich ihm eine Abreibung, die sich gewaschen hat, glaub mir mal.«

Sie brüllte so laut, dass der einzige Gast im Diner, eine betagte Dame mit einem Cappuccino, irritiert den Tisch wechselte. Näher am Ausgang schien sie sich sicherer zu fühlen.

»Du kannst ihn nicht leiden, das ist alles.« Kopfschüttelnd wischte ich weiter den Tresen. Mein Feierabend rückte in greifbare Nähe und ich arbeitete bereits darauf hin. Immerhin hatte ich bald selbst ein Geschäft zu führen und konnte mich emotional schon jetzt auf endlose Überstunden einstellen.

Selbst und ständig war das Stichwort.

»Verdammt nochmal!« Wieder ein Hieb mit dem Bier auf den Tresen.

Diesmal rief der Lärm meinen Chef auf den Plan, der in der Küche mit dem Koch geplaudert hatte. Er lehnte seinen massigen Körper in den Türrahmen zur Bar und verschränkte die Arme. »Ewa, sag deiner ungehobelten Freundin, sie soll sich benehmen, bevor ich ihr in den Hintern trete.« Er war vielleicht füllig, aber auch zwei Meter groß und hatte schon so manchen Störenfried am Schlafittchen aus seinem Laden manövriert.

»Sie ist jetzt Bulle, Joe. Sie wird wohl eher dir in den Hintern treten«, beteuerte ich, während Tess fauchte wie eine Wildkatze.

»Bullen haben hier keinen Zutritt.« Er neigte den breiten Kopf zu einem Schild über der Bar, auf dem ein durchgestrichener Knüppel abgebildet war, über dem in roten Lettern stand *Fuck the Police!*

»Also trink aus und verzieh dich, Tess!«

»Du mich auch, Joe.« Sie schnaufte und nahm einen großen Schluck.

Er wischte sich murrend die Hände an der schmutzigen Schürze ab und behielt sie weiter im Auge. Joe war nicht nur mein Boss, er war auch mein Nachbar und hatte eine ganz entzückende Frau, die meine Blumen goss und mir im Garten half, wann immer sie konnte. Keine Ahnung, wie er es geschafft hatte, jemanden wie sie abzugreifen. In den nächsten Tagen würde ich die Renovierungsarbeiten in meinem Pub beenden. Und dann bald ... bald hatte ich meine eigene Chance, einen Ort des Glücks zu erschaffen. Und ich würde es so verdammt viel besser machen, als Joe, der alte Knauser.

In dem Moment bimmelte das Glöckchen an der Tür und für eine Sekunde dachte ich voller Hoffnung, David würde hier auftauchte, um sich wieder mit mir zu versöhnen, aber der Kerl in der Tür war nicht David.

»Sag mal, stalkt der Typ dich?« Tess sah ihm misstrauisch nach, als er sich in die letzte Ecke des Diners verzog und auf eines der abgewetzten Sofas fallen ließ, die Joe auf irgendeinem

schmuddeligen Trödelmarkt in Dorset für eine Stange *Chesterfield* ergaunert hatte.
Wieder dieses Streichholz zwischen den Zähnen und die Unnachgiebigkeit in den blauen Augen.

»Ist ja glatt zum Eifersüchtigwerden.«

»Tess, das hier ist das einzige Restaurant weit und breit und in seinem Haus tanzen die Ratten La Paloma, wo soll er sonst herumlungern?« Ich hatte so keine Lust auf den Typen. Er war schuld, dass David und ich Streit hatten. Er und sein blödes vergammeltes Haus.

»Oh, ich hätte da ein warmes Plätzchen für ihn.« Sie neigte ihre Flasche in Richtung ihres Schoßes und zog vielsagend eine Braue nach oben. Unmöglich, die Frau!

»Bedient diesen Knilch auch noch jemand, bevor meine Klamotten aus der Mode kommen?«, motzte Joe aus seiner Ecke und ich machte mich lieber auf den Weg, bevor er mich auf die letzten Meter noch feuerte.
Mit jedem Schritt, den ich auf unseren neuen Gast zu machte, wurde mir flauer im Magen.

Wahrscheinlich die Wut, aber er konnte nichts dafür. Ich musste mich zusammenreißen. Im Moment war er einfach nur ein Kunde und ich seine Bedienung.

»Was kann ich dir bringen?«

»Hallo Ewa.« Er hob den Kopf und sein Blick hakte sich in meinen. Diese Augen sahen aus wie Eis. »Einen Kaffee. Am liebsten schwarz.« Er lächelte nicht, also musste ich mir auch nicht die Mühe machen.

»Groß? Klein?« Was er konnte, konnte ich schon lange. Unhöfliches Stück.

»Klein reicht. Ich muss doch gleich zurück zu meinem Geisterhaus.«

Geisterhaus ... Prüfend kniff ich die Augen zusammen. Hatte David vielleicht doch recht und er schon die Hosen voll?

»Keine Sorge.« Er stieß ein kleines Lachen durch die Zähne und steckte seinen Zahnstocher in die Brusttasche seiner Jacke. »Ich bringe genügend eigene Geister mit, die dort aufräumen werden.«

»Ah ja …« Meinte er etwa seinen femininen Lover? Bei dem Gedanken musste ich beinahe schmunzeln. »Kaffee. Klein. Schwarz. Wird gemacht.« Ich drehte mich gerade zum Gehen um, da sagte er: »Tut mir echt leid, dass ihr euch gestritten habt, dein Täubchen und du. Ärger im Paradies. Jammerschade.« Und etwas krabbelte unangenehm kalt auf den Grund meines Magens hinunter.

»Bitte?«

»Bis ihr heiratet ist alles vergessen.« Er grinste, als ich den Kopf zu ihm zurückdrehte.

»Du musst zuhören, Ewa. Hör hin, das ist das ganze Geheimnis.«

»Ich glaube zwar wirklich nicht, dass dich das irgendetwas angeht, aber ich höre David zu, okay? Manchmal öfter als mir lieb ist.«

»David? Gott, bist du niedlich. Ich rede nicht von deinem kleinen Freund. Du suchst doch Antworten, hab ich recht? Wer Antworten will, sollte auch den Mumm haben, sie zu ertragen«, erwiderte er schneidend und sein Blick wurde mir so unangenehm, dass ich mich wieder zum Gehen wandte.

»Was zum ... Kümmere dich um deinen eigenen Kram, verstanden?«

Meine Knie fühlten sich weich an, als ich zum Tresen zurück ging, an dem sich der Streit der Giganten inzwischen im Sande verlaufen hatte.

Ich rede nicht von deinem kleinen Freund.

Was wollte dieser Kerl nur von mir?

Zuhören?

Wem denn zuhören? Eine Frechheit, sich einfach so in mein Privatleben einzumischen. Er hockte also dort drüben und glotzte in unser Haus. Ein vollkommen Fremder. Spähte von da drüben in unsere Fenster hinein und sah uns beim Streiten zu. Ging ihm dabei einer ab, diesem kleinen Perversen?

»Du bist ja ganz blass. Alles okay?« Tess berührte meinen Arm und holte mich aus meinen Gedanken zurück ins Jetzt.

»Einen Kaffee bitte, Joe.« Kopfschüttelnd griff ich nach dem Geschirrtuch. »Klein. Ohne Milch.«
»Ewa?« Tess legte den Kopf schief, trank ihr Bier aus und drehte sich verhalten zu dem Typen in seiner Ecke um, dessen Namen ich noch immer nicht kannte.
»Ist okay«, sagte ich. »Alles okay.«

Als ich von der Arbeit heimkam, waren alle Fenster des Hauses gegenüber dunkel. Kein Baustrahler, keine Schleifmaschinengeräusche, nichts. Im Van tat sich ebenfalls nichts. Offenbar hatte der König der Ratten sich zur Ruhe gebettet. Trotzdem beeilte ich mich mit dem Aufschließen der Wohnung etwas mehr als sonst.

Ein seichter Lichtschimmer tastete sich in den Flur hinein. Ich roch das Wachs von Kerzen und hörte mein Lieblingsalbum von Etta James drüben im Schlafzimmer spielen, als die Eingangstür hinter mir ins Schloss fiel. Lächelnd ließ ich meine Tasche zu Boden gleiten. Da wollte sich wohl jemand einkratzen.

Seine Silhouette erschien im Schatten des Türrahmens. »Hey Baby«, hauchte er mit diesem verführerischen, heiseren Unterton, dem ich noch nie hatte widerstehen können. Er trug nur seine Jeans. Das Kerzenlicht umschmeichelte seinen perfekten nackten Oberkörper.

Zwei Schritte und er war bei mir, nahm mein Gesicht in seine Hände. Ich fühlte seine Wärme, während er meine Wangen küsste.

»Engstirnig«, wiederholte ich ihn tadelnd.

»Nicht nur«, flüsterte er nah bei meinen Lippen. »Auch wunderschön.« Seine dunklen Augen tauchten in meine, bevor er mich küsste und wieder von mir ließ.

Das konnte ich nur zurückgeben.

Meine Finger griffen nach ihm, zogen ihn noch näher zu mir. Er küsste mich wieder, zog mir vorsichtig den Mantel aus und manövrierte mich hinüber zum Bett. Rosenblätter überall auf dem Boden. »Angeber.« Ich lachte liebevoll

»Ach ja?« Er knöpfte an meiner Bluse und sein heißer Atem prallte auf die dünne Haut meines Halses.

Ich erzitterte unter seinen Händen, die sich ihren Weg unter meinen BH bahnten. Im nächsten Moment fiel ich aufs Bett und er glitt auf mich, meine Hose fiel zu Boden und seine Finger drängten unter meinen Slip. In dieser Sekunde fiel mein Blick auf das Fenster über dem Bett und ich erstarrte.

Du musst ihm zuhören, Ewa!

»Stopp!« Ich wand mich aus seinem Griff.

»Was hast du?« Er sah zu mir auf. Irritiert.

»Nicht. Warte. Ich kann nicht.«

Etta James sang etwas von einem Himmel ohne Sonne. *Stormy weather.*

»Was? Warum nicht? Ich dachte …« Er folgte meinem Blick hinüber zum Fenster.

»Wir brauchen Jalousien«, murmelte ich, während ich meinen BH wieder schloss und mich aufsetzte.

„Wie bitte?" Natürlich verstand er kein Wort von dem, was ich da erzählte. An den Scheiben hingen Vorhänge und das hatte mich in den letzten zwei Jahren nie davon abgehalten, mit ihm zu schlafen. Aber … sie waren dünn.

Viel zu dünn.

»Jetzt brauchen wir Jalousien? Gerade jetzt? Dein Ernst?« Er wurde wütend. »Ich weiß, ich hab viel gesagt, das dich gekränkt hat, aber ich versuche gerade, das in Ordnung zu bringen.«

Er versuchte, das in Ordnung zu bringen.

Mit Sex … Plötzlich kam mir diese Tatsache noch absurder vor, als mein eigenes Verhalten.

»Es ist nicht dein Fehler.« Meine Stimme klang kühler, als geplant.

Ein paar Minuten saßen wir einfach nur da. Nebeneinander im Bett und hörten unseren Gedanken zu, während Etta James den Soundtrack dazu sang.

»Verlieren wir uns gerade?«, fragte er schließlich und brach mir damit fast das Herz.

»Hey!« Ich sah zu ihm auf. »Nein! Nein, das tun wir nicht, verstanden?« Ich schloss ihn fest in die Arme und atmete den Duft seiner Haut. Ich konnte ihm nicht sagen, was in mir vor ging. Konnte es einfach nicht. Er würde denken, meine Wahnvorstellungen kämen zurück.

Und wenn das passierte, würden wir uns tatsächlich verlieren.

In dieser Nacht träumte ich wieder von dem Strand. Etwas stieg nach und nach aus den Wellen empor und starrte mir direkt ins Gesicht. Mein Herz setzte für ein paar Schläge aus. Der tote Mann aus den Algen.

»Hör … mir … zu …«, brodelte gurgelnd aus seinem aufgedunsenen Leib. Die kalte Angst, die meine Beine bewegte, fühlte sich echter an, als ein Traum es je sein konnte. Und ich rannte so lange, bis ich mit etwas zusammenstieß und von den Füßen gerissen wurde. Ich wollte schreien, aber ich konnte nicht. Der Sand, das Wasser, alles schlug über mir zusammen in einem wilden Sturm aus Angst. Dann hörte ich nur noch meinen rasenden Herzschlag, vermengt mit dem wilden Rauschen der See.

6. UNGEBROCHENE TRÄUME

Das neue Schild über meinem Pub rührte mich so sehr, dass ich fast für einen Augenblick vergaß, wie David vor ein paar Stunden klammheimlich auf Arbeit verschwunden war – ohne den obligatorischen Abschiedskuss oder das sanfte Zudecken.

Mikey sah zuckersüß aus in seinem zu engen Maleranzug und der blauen Farbe überall im Gesicht.

»Heeeeey, da ist sie ja«, jubilierte er und kam umständlich von der Leiter geklettert.
»Und sie hat Bier dabei.« Ich klimperte mit meinem Rucksack.
»Und ein Piccolöchen für Mikey?« Er zog eine Schnute.
»Und ein Piccolöchen für Mikey.« Ich umarmte ihn überschwänglich. »Wie kann es sein, dass du schon fertig bist? Das ist dermaßen wundervoll!«

Das Schild war schöner geworden, als ich es mir je erträumt hatte. **Unbroken Dreams**, der Name meines Ladens in dunkelblauen Lettern auf einem groben Schwemmholz über dem Eingang.

»Na, was denkst du denn? Tess hat heute frei und gute Programmierer kennen die Fesseln schnöder Bürozeiten nicht. Die Verrückte sagte, du hättest ein SOS abgesetzt.« Mikey fummelte mit spitzen Fingern sein Sektfläschchen aus meinem Rucksack.

»Ein SOS?« Ich hatte doch nichts weiter als Zeit und Treffpunkt geschrieben und das wäre erst in ziemlich genau zwei Stunden gewesen.

»Wir kennen uns gefühlt seit immer.« Tess erschien in der Tür und wischte sich die Hände an ihrer Latzhose ab. Ihre Locken waren noch wilder als sonst und allerlei Holzspäne hatten es sich darin gemütlich gemacht.

»Wenn das kein SOS war, bin ich Paris Hilton.«

»Was treibt ihr hier nur ohne mich, ihr Verrückten?« Ich lachte ergriffen.

»Na, dein Baby auftakeln.

Du hast noch zwei Wochen, Trödeltante.«

Mein Pub war nicht groß, aber herrlich verwegen und nur ein paar Seitenstraßen vom Meer entfernt. Das Innere hatte sich wirklich gewandelt. Die Bar war bereits lackiert und alle Türrahmen abgeschliffen. Der Holzfisch, den wir gemeinsam in Cornwall gekauft hatten stand auch schon im Fenster. Nur die Stühle und Tische fehlten noch zu meinem ultimativen Glück.

»Wow!« Genau in der Mitte des Ladens blieb ich stehen, schloss die Augen und nahm einen tiefen Atemzug. Es roch nach Neu, nach Holz, nach der Erfüllung aller Träume.

Als ich sie wieder öffnete, sah ich Mikeys tränenschweren Blick.

»Und? Was sagst du?« Schnell ölte er seine erstickte Stimme mit einem Schluck Sekt.

»Dass ihr die Besten seid.« Ich packte beide zu einem unentrinnbaren Liebeswürger.

Die letzten Monate hatten wir ununterbrochen am **Unbroken Dreams** gearbeitet. Zusammen. Sie waren immer dabei gewesen. Und jetzt sogar allein. Während ich noch geschlafen hatte, wurde hier bereits Großartiges erschaffen.

»Das wissen wir«, brummte Tess und klopfte sich die alten Lackfetzen vom Pullover.

»Und jetzt: Aussprache!«

»Lass sie doch erst mal genießen«,

wandte Mikey ein.

»Nichts da! Jedes SOS bedarf einer Auswertung. Also, pack das Bier aus. Unser erstes im **Unbroken Dreams**, dem neuen Stamm-Pub der Gang.«

Der Gedanke gefiel mir so gut, dass ich schlucken musste. Bloß nicht heulen! Das tat Mikey doch schon immer genug für uns alle drei.

Unser erstes Bier in meinem Pub.

»Ladies and Gentlemen.« In einer ausladenden Geste setzte ich mich im Schneidersitz auf die Malerfolie am Boden und reichte Tess eine Flasche. Sie öffnete sie mit einer zweiten und gab sie mir rüber.

»Auf uns!« Nachdem Mikey sich auf einem trockenen Wischtuch platziert hatte, stießen wir an und ich begann, die Fragezeichen in Tess` Blick zu beantworten.

»Ich brauche Jalousien.«

»Das passt nicht zum Konzept«,

schimpfte Mikey.

»Wegen Stalker Liam?«, ignorierte ihn Tess.

»Verdammt, ja. Wie kannst du das wissen und David nicht?«

»Weil ich deine Seelenverwandte bin.«

»Warte … Liam? Heißt der Typ so? Woher weißt du …«

»Weil ich ein Bulle bin. Aber der ist gar nicht mal so leicht zu knacken, glaub mir.«

»Wer zum Geier ist Liam?«, warf Mikey verstört ein.

»Ihr heißer neuer Nachbar. Er stalkt sie und wir stalken ihn zurück.«

»Mooooooment!« Mikey machte eine ausladende Geste mit dem Arm. »Ein heißer neuer Kerl ist in der Stadt und ihr lasst mich im Dunkeln stehen?«

Ratlos glotzten wir ihn an.

»Okay. Das war's. Ich gehe.« Beleidigt richtete er sich auf.

Tess zog ihn unsanft am Arm zurück. »Jetzt kein Muschi-Gehabe, Schatz. Ich denke, ihr SOS war ein Liam – SOS. Ist das so, Ewa? Hast du dich heimlich in ihn verguckt? Könnte ich nur befürworten.«

»Gott, nein! Ich glaube, er ist schwul.«

»ES REICHT!« Mikey schlug Tess` Hand weg. »Ich gehe sowas von!«

»JETZT NICHT!« Tess wurde böse und dass Tess böse wurde, wollte keiner von uns verantworten. Mikey erstarrte in der Bewegung und ließ sich unterwürfig wieder auf den Hintern fallen, jedoch nicht ohne einen großen Frustschluck vom Piccolöchen.

Für einen Moment waren wir alle ruhig und ich starrte leer durch die frisch geputzte Scheibenfront hinaus auf die enge Straße unseres Ortes.

»Was hat der Kerl dir da gestern gesagt?«, fragte Tess. »Du warst weiß wie eine Kalkwand.«

Ein schweres Schlucken hing in meinem Hals fest. Draußen spähte eine Möwe zu uns hinein und stakste schließlich desinteressiert weiter ihres Weges.

»Wenn ich das nur wüsste«, seufzte ich und wischte mir übers Gesicht. »Erst machte er ziemlich deutlich, dass er den Streit zwischen David und mir mitbekommen hat.«

»Ihr habt gestritten? Oh, Schätzchen.« Mikeys Wut war verflogen und er griff mitfühlend nach meiner Hand.

»Ich hoffe, du hast ihm so unsanft wie möglich klar gemacht, dass ihn das einen Scheiß angeht?« Tess starrte mich düster an und ich hatte Angst, dass sie jeden Moment mit bloßen Händen ihre Bierflasche sprengte.

»Er faselte etwas von wegen, ich solle zuhören«, fuhr ich fort. »Und als ich erwiderte, ich sei der weltbeste Zuhörer, meinte er *Nein, nicht ihm.*« Zerstreut blickte ich ins Nichts und schüttelte den Kopf, um die Erinnerung an diesen absurden Dialog loszuwerden.

»Wie jetzt? Ihm oder nicht ihm?« Mikey wirkte ebenso verwirrt wie ich.

»Ganz offensichtlich ein Psycho.« Tess nickte, als hätte sie das schon länger in Betracht gezogen. »Psychos sind meistens scharf.«

»Du Irre«, schimpfte Mikey. »Total daneben.«

»Was hast du noch herausbekommen, außer seinem Namen?«, warf ich ein.

»Er war im Krieg. Dann zwei Jahre weiß und jetzt« Sie nahm noch einen Schluck. »treibt er hier seine Spielchen.«

»Weiß?«

»Ja, weiß. Wie ein weißer Fleck auf der Landkarte. Als hätte er in dieser Zeit nicht existiert. Manchmal, wenn Leute Positionen in Spezialeinheiten haben, verschwinden sie von der Bildfläche. Es ist, als würden sie unsichtbar.

Was natürlich nicht zwingend heißen muss, dass unser Liam hier ein *Man in Black* ist. Es gibt noch tausend andere Optionen.«

»Ein *Man in Black* …« Mein Gedankenkarussell setzte sich wieder in Bewegung. »Vielleicht sollten wir deinen Chef fragen, Tess.«

»Meinen Chef … Meinen Chef … Jetzt hört mir mal gut zu, alle beide.« Tess starrte hinüber zur Tür, als könnte dort jemand lauern, der uns belauschte. »Gestern im Dienst«, sie senkte ihre Stimme so sehr, dass wir näher zu ihr rücken mussten, »haben meine Kollegen einen Drogendealer laufen lassen, auf Anweisung von *meinem Chef*.

Ein wirklich dicker Fisch. Menschenhandel, Geldwäsche, all der Scheiß. Sie hätten sich verdammt nochmal freuen müssen, dass sie so ein Stück Dreck hinter schwedische Gardinen bringen können, der Bastard wurde zehn Jahre lang gesucht. Stattdessen lassen sie ihn gehen. Der Kopf eines Kartells, fast schon einer Mafia.«

Wir schwiegen bedrückt. Korruption zog sich leider durch beinahe jede Branche, auch wenn sie bei der Polizei ohne Frage noch falscher war, als anderswo. Der schmutzige Rand unter dem Fingernagel eines jeden großen Unternehmens. Mir wurde flau im Magen vor Wut.

»Aber warum?«

Mikey sah aus wie ein großes Kind.

»Geld regiert die Welt«, erwiderte Tess bitter. »Das gilt auch für unsere Polizei. Einfach alles an unserem Staatsapparat ist korrupt. Das wird nicht das letzte Ding gewesen sein, bei dem ich tatenlos zusehen musste.«

»Und das ist okay für dich?« Auf einmal sorgte ich mich um die starke Tess.

Passierte das mit unseren Träumen?

Passierte so etwas eines Tages mit allen Träumen? Man wachte auf und diese schillernde, großartige Zeit, auf die man so lange gewartet hatte, bekam plötzlich abstoßende Schrammen und stank nach Lügen?

»Schatz.« Sie sah mir direkt in die Augen. Traurig. Schwer. »Ich habe ewig für diesen Status gekämpft. Es muss okay für mich sein, wenn ich diesen Job machen will.«

»Und das willst du.« Mikey war schon wieder den Tränen nah.

»Scheiße, ja! Einer muss ja wohl eines Tages in dem Laden aufräumen. Was ich aber eigentlich damit sagen wollte« Sie kramte in der Tasche ihrer Hose und streckte uns ein kleines Kärtchen entgegen, »wenn wir mal wirklich ein Problem haben, ein *richtiges* Problem, dann wird verdammt nochmal keiner zu meinem Chef gehen. Nein, dann rufen wir ihn hier an.«

Matthew Shaw stand darauf und darunter eine Telefonnummer. Mehr nicht.

»Er ist ein Freund, fernab der staatlichen Polizei. Macht sein eigenes Ding und das macht er gut. Hat eine große Truppe hinter sich, die aufräumt, wenn sie es für nötig hält und keine Gesetze kennt.

Kein Schimmer, wie er sich diese Freiheit erkauft, aber ich glaube, die Polizei kann sich glücklich schätzen, ihn als Hintermann zu haben. Also … erst ich und dann Matthew. Nichts dazwischen, habt ihr verstanden?«

»Alter.« Mikey starrte das Kärtchen mit großen Augen an. »Sind wir hier in *Mission Impossible*, oder so? Was erzählst du uns da gerade?«

»Etwas, wofür ich wahrscheinlich in einem Knast verrotten würde, der noch nicht mal auf der Landkarte steht, also haltet bloß die Klappe, verstanden?«

»Aber was, wenn du …«, begann ich.

»THEMA BEENDET«, war die unsanfte Antwort und die Visitenkarte verschwand wieder in ihrer Brusttasche. Zum Henker … Konnte man hier denn gar niemandem mehr trauen? Nicht einmal der eigenen Polizei? Zu was war all das nur verkommen?

Schweigend leerten wir nebeneinander unser erstes Pub-Bier und ich fluchte innerlich über all die widerliche Korruption auf dieser Welt.

Dann machte sich Tess wieder daran, die Bar abzuschleifen, und Mikey griff nach der blauen Farbe des Schildes, um die Fensterrahmen zu streichen.

Ich pellte mich in meinen Maleranzug und atmete die frische Luft vor meinem Laden. Sie roch nach Meer und Freiheit. Die beste Luft in ganz Devon, zumindest hatte ich das als Kind immer allen beteuert. Waverton, der beste Platz in Devon, in England, ja, auf dem ganzen Globus! Jetzt gerade war es nur noch ein kleiner Ort mitten im Nirgendwo.

Du musst ihm zuhören. Verdammt! Es ging mir einfach nicht aus dem Kopf. Und dann noch dieser Traum. Immer dieser Traum … Ihm zuhören … *Hör … mir … zu …*

»Mikey.« Zögerlich schlurfte ich mit meinem Pinsel in seine Richtung.

»Ja?« Er hob fragend den Kopf. Seine Brille hatte schon den nächsten blauen Spritzer.

»Du hast doch als Kind für Greenie, den Buchhändler gearbeitet.«

Seine Hoffnung auf ein angenehmeres Gespräch, als vorhin zerschellte sichtlich.
»Warum fragst du das?«
»David ist der Meinung, dass er in seinem Haus noch immer herumspukt.«

»David ist ne Muschi«,

war die böse Erwiderung.

»Amen«, brüllte Tess von drin.

»Wie war er? Ein verrückter Selbstmörder? Ist das alles?«, fragte ich etwas leiser.
»Ach Gott, Ewa, das ist hundert Jahre her. Du warst als Kind doch auch ständig bei ihm.«
»Ich war noch ein Knirps. Ein Baby quasi. Bitte, Mikey! David und ich haben uns deshalb furchtbar gestritten.«
»Wegen dem alten Greenie? Wieso?« Sein Blick wurde weich. Er half mir, wo immer er konnte und spürte, dass das hier wohl dazu gehörte. Seufzend kam er wieder von der Leiter geklettert und stemmte die Arme in die Hüften.

»Er war verrückt, das hab ich als Kind schon immer gesagt, ja. Aber irgendwie ein gutes Verrückt.

Er sprach ständig davon, dass es mehr gibt, jenseits unserer Scheuklappen.
Tagtäglich hat er mir das gepredigt, aber ich war verdammte dreizehn Jahre alt. Er hatte einen an der Waffel für mich und das war's. Aber ich mochte ihn trotzdem, keine Ahnung, wieso. *Es gibt mehr da draußen zwischen Himmel und Erde, kleiner Mike Milford. Du musst nur hinsehen.* Ja, so ungefähr sagte er das immer.«

»Mehr im Sinne von was? Geister?« Ich musterte ihn sinnierend.

»Hmmm …« Mikey blickte einem Vogel nach, der über uns seine Kreise zog. Ich konnte die Spiegelung in seinen Brillengläsern sehen. »Ich denke eher nicht. Da war dieses Buch über … Träume und ihre Bedeutung, irgend sowas in der Art. Er hat es mir geschenkt. Für meine Hilfe.
Als ich es Mom gezeigt hatte, warf sie es sofort weg und verbot mir, weiter für ihn zu arbeiten. Sie sagte, das Dorf hätte über ihn geredet. Er sei angeblich besessen von komischen Dingen.
Träume, die Wirklichkeit werden, außerkörperliche Erfahrungen, so Esoterik-Kram.

Ich weiß noch, dass ich das damals völlig übertrieben fand. Sie führte sich auf wie eine Furie. Ich erinnere mich an den Tag und dass ich mich nicht entscheiden konnte, ob ich über das Jobverbot traurig oder erleichtert sein sollte … Und dass es abends Barbecue mit Bacon und Rindersteaks gab.«

»Deine Prioritäten in allen Ehren.« Ich musste lachen.

»Ja, das totale Gedächtnis.« Er legte seinen *James-Bond*-Blick auf, der eher nach Verstopfungen aussah, als smart. »Aber lustig, dass du damit jetzt kommst. Ich musste in letzter Zeit ab und zu an ihn denken. Warum zum Geier habt ihr euch *deshalb* gestritten? Das sind doch alte Kamellen.«

»Ach, David hat seine Ansichten und ich meine, so ist das eben.«

Träume, die wahr werden … Mir wurde ganz übel. Wäre Greenie nur noch am Leben, dann könnte ich mich selbst davon überzeugen, dass er nicht verrückt war … oder eben vom kompletten Gegenteil.

Woran hatte er da drüben nur gearbeitet? Was hatte ihn so wahnsinnig werden lassen, dass er sich das Leben nahm? Und warum schaffte dieser Liam es nur, das alles wieder so furchtbar aufzuwirbeln?

»Also, wenn mein Mädchen einen Stalker hätte, wäre ich auch sauer.« Mikey griff nach seiner Flasche auf dem Fensterbrett und leerte sie mit einem gurgelnden Geräusch. »Hast du noch so ein Zauberwässerchen für mich?«

»Sie kann es ihm nicht sagen« Tess` Kopf lugte durch die Tür zu uns hinaus, »weil sie Angst hat, dass die Geschichten aus ihrer Kindheit wieder ans Tageslicht kommen. Die Zeit, in der sie diese Leute sah.«

Eine absurd niedliche Formulierung für krankhafte Wahnvorstellungen.

Mein Blick schlug fest in ihren und sie wich ihm nicht aus. Das war so verdammt richtig. Wenn David nur ein einziges Mal andeuten würde, ich solle zum Psychiater gehen. Wenn er nur einmal die gleichen Worte wie meine Mutter benutzte oder ich ihre Gedanken in seinen Augen sah, wäre es nahtlos vorbei.

Dann würde ich ihn ohne mit der Wimper zu zucken vor die Tür setzen. Schön und romantisch hin oder her. Es wäre sofort aus und vorbei.

»Ich liebe dich.« Ich zeigte mit dem Pinsel in ihre Richtung.

»Ich weiß.« Sie zwinkerte liebevoll.

Mikey fummelte währenddessen umständlich nach der Visitenkarte in Tess` Tasche, aber sie entwischte ihm wie ein glitschiger Aal.

»Teeeeess«, jammerte er leidend.

»DAS THEMA! IST! BEENDET!«

»Aber ich …«

»Du wirst nicht mehr darüber sprechen, es sei denn, die Kacke ist gewaltig am Dampfen, okay? Mir zuliebe.«

Sie wirkte das erste Mal, seit ich sie kannte, verdammt erwachsen. Einerseits machte es mir Angst, andererseits war es nur richtig. Sie hatte uns da gerade etwas offenbart, das furchtbare Folgen für sie haben konnte.

Und alles nur, weil sie uns liebte.

Wahrscheinlich waren wir die einzigen Menschen auf dieser gottverlassenen Welt, die sie wirklich liebte.

7. GIFT

Es war schon spät, als ich nach Hause kam. David war noch nicht da und ich machte mir in der Küche einen Tee. Drüben erhellte Flutlicht die Terrasse, aber niemand war zu sehen.

Das kalte, unpersönliche Licht ließ die zerfallene Verandaumzäunung noch trostloser aussehen.

Als das Aroma des Teebeutels sich in braunen Schlieren im Wasser verteilte, kam jemand schwer bepackt durch den Vorgarten auf unser Haus zu.

Neben den Mülltonnen stolperte er über etwas und ließ fluchend seine Einkäufe fallen. Ich starrte angestrengt über die Gewürzpflanzen hinweg nach draußen. Es war David. Er stemmte die Hände in die Hüften und schimpfte weiter stumm in die Dunkelheit hinein. Dann lehnte er sich nach unten, offenbar um sich etwas am Boden genauer anzusehen, und fluchte wieder.
Ich warf mir meinen Mantel über und eilte zu ihm hinaus.

»Was ist los?« Unbehaglich verschränkte ich die Arme vor der Brust und reckte den Hals, damit ich sehen konnte, was er da anstarrte.
Ein kleines, dunkles Häuflein.
»Sieh es dir selbst an!« Er klang verbittert. »Komm her und sieh es dir an!«

Nach ein paar zögerlichen Schritten erkannte ich, um was es sich handelte. Es war die Katze. Sie lag reglos auf der Seite. Krustiges Blut verklebte ihre Schnurrhaare und ihre matten Augen blickten ins Nichts. Sie war tot.
»Oh nein. Was ist denn da passiert?«

»Ich kann dir sagen, was da passiert ist.« David zeigte verurteilend hinüber zum Geisterhaus. »Dieser Typ ist passiert. Sie wurde vergiftet.«
Etwas kroch mir kalt den Nacken hinunter.

»Aber er hat doch nicht … Ich meine, das war doch bestimmt keine Absicht. Sie versuchen sicher, die Ratten loszuwerden und die Katze hat dann eine von ihnen …«

»Loszuwerden?« David sammelte ungehalten seine Einkäufe auf. Jalousien. Ein kurzer warmer Hauch waberte durch die Kälte in meinem Bauch.

»Was sind das für Menschen, die einfach so kaltblütig mit Gift um sich werfen? Wie wäre es, wenn sie gleich noch allen Nachbarn etwas in den Kaffee mischen? Die stören ja auch den lieben langen Tag.«

»David!« Ich wollte ihm mit den Jalousien helfen, aber er riss sie mir wieder aus der Hand. »Ich mach das schon!«
»David, wie hätten sie denn sonst dort wohnen können? Das ganze Haus ist voller Ratten.«

»Und das da? Das findest du okay, ja?« Kopfschüttelnd deutete er mit dem Kopf zu der Katze hinüber. „Fühlst du irgendetwas bei diesem Anblick?“

»Natürlich finde ich das nicht okay.« Ich folgte ihm die Terrassenstufen hinauf durch die offene Tür. Grob ließ er die Rollos auf den Tisch fallen.

»David.«

»Nichts *David*!« Er fuhr herum und starrte mich bitter an. »Du entschuldigst das gerade. Das ist nicht okay. Du willst diese Rollos doch nur wegen ihm, stimmt's? Denkst du, ich merke nicht, wie dieser Wichser dich anglotzt?«

Ich erschrak nahezu über die Heftigkeit seiner Worte.

»Wow, jetzt übertreibst du aber wirklich.«

»Ich übertreibe eben nicht! Seit dieses Arschloch da drüben eingezogen ist, hören wir gar nicht mehr auf, uns zu streiten. Wir haben in den letzten zwei Jahren nicht so viel gestritten wie die letzten zwei Tage. Es ist, als wäre plötzlich die ganze Luft voller Gift, seit der da drüben ist.«

Er übertrieb tatsächlich. Ich würde lügen, wenn ich sagte, ich fände diesen Liam nicht sonderbar, aber dem Ganzen so eine Wichtigkeit beizumessen, war absurd.

»Gerade wolltest du ihn noch vor dem Haus warnen und jetzt würdest du ihm am liebsten sein eigenes Gift füttern? David, du machst das alles zu einem Problem, das gar nicht existiert.«

In dem Moment trat Liam drüben auf die Terrasse und hantierte mit einem Balken für den Türrahmen. David blitzte eine Weile vernichtend hinüber. »Wir sollten die Rollos anbringen«, knirschte er.

Ich umarmte ihn sacht von hinten und spürte wie sein wütendes Zittern langsam abebbte. »Danke, dass du daran gedacht hast. Ich weiß das wirklich zu schätzen.« Ein sanfter Kuss auf seinen Hals und er wurde langsam wieder Butter in meinen Händen. »Was hältst du davon«, schnurrte ich. »wenn wir sie gleich einweihen, sobald sie hängen?«

»Na, dann sollten wir uns besser beeilen«, sagte er trotzig und ließ mich ihn ins Schlafzimmer entführen.

Die Rollos waren wie ein Heilmittel. Eine Medizin. Sie trennten uns von all den bösen Gedanken. Von der toten Katze, von Liam und seinem Gruselhaus, von einfach allem, was sich wie ein dunkler Schleier über uns gelegt hatte. Unser Sex war sanft und voller Geborgenheit. Als ich in Davids Arm einschlief, war ich mir sicher, dass mich all das heute sogar vor meinen Träumen schützen würde, aber ich hatte mich getäuscht.

Wieder entstieg dieses Wesen den Wellen und wieder lief ich davon. Wieder stieß ich gegen etwas und erkannte diesmal, dass es nicht etwas war, sondern jemand. Er stellte sich mir in den Weg und ich war gezwungen, dem toten Mann aus dem Meer entgegenzublicken.

Der unansehnliche Körper stapfte wackelig durch den Sand auf mich zu, Wasser und Algen quollen über seine weißen Lippen und noch etwas gurgelte undeutlich durch all das hindurch. Worte. Er versuchte wieder, etwas zu sagen.

»Hör … mir … zu! Der Anfang … und … das … Ende … zur gleichen Zeit …«

Schweißgebadet fuhr ich im Bett hoch. Meine nackte Haut klebte an der von David und ich zitterte, obwohl ich schwitzte.

»Baby«, brummte David schlaftrunken. »Wieder ein Traum?«

»Ja.« Ich kuschelte mich fester an ihn und umschlang seinen nackten Körper mit den Armen.

»Nur ein Traum«, murmelte er und streichelte mir sanft übers Haar. »Hör nicht auf ihn!«

Hör nicht auf ihn!

Den Rest der Nacht tat ich kein Auge mehr zu.

Am nächsten Morgen sah ich David in eine Decke gewickelt dabei zu, wie er den toten Körper der Katze entsorgte, während die Sonne violett vor unserem Haus aufging.

Sieben Leben.

Offenbar hatte das kleine Fellknäuel jetzt Nummer Sieben erreicht.

Ich fühlte mich fiebrig, aber das Gefühl kannte ich bereits. Nach einer heißen Dusche würde es besser werden. Ich hatte heute frei und das **Unbroken Dreams** würde meine Stimmung schon wieder heben.

Als ich summend die Straße hinunter ging, sah die Welt tatsächlich schon wieder ganz anders aus. Die erste Sonne küsste den jungen Tag und es würde ein guter werden, das wusste ich genau. Einer dieser Tage, die nach Gicht dufteten. Nach Meer und Liebe. Und nach ungebrochenen Träumen. David und ich hatten uns versöhnt und diesmal würde es dabei bleiben, da war ich mir sicher. Immerhin hatten wir jetzt die Jalousien.

Eigentlich war es komplett albern, diesen klapprigen Plastikbarrieren so viel Bedeutung beizumessen, aber sie waren wie ein Schutzschild für mich. Eine Mauer, die alles Schlechte aussperrte.

»I will walk 500 miles and I will« Tanzend kramte ich nach dem Schlüssel zum Pub. »walk 500 more.«

Die Tür stand offen. Sehr gut. Klimpernd ließ ich den Schlüssel zurück in die Tiefen meiner Tasche fallen. Mikey war also schon da. Er würde staunen. Ich hatte meine JBL Box dabei und wir könnten diesmal Musik beim Streichen hören. Von mir aus auch Madonna. Mikey liebte Madonna. Mein Fall war sie nicht, aber er tanzte zu ihrer Musik immer wie ein missverstandener Stripper und das liebte wiederum ich.

»Hey Mikey!« Ich machte eine galante Drehung am Türrahmen vorbei. Im Inneren duftete es nach Holz und frischer Farbe. Gott, ich liebte es so sehr. *»Like a virgin … Uuuh … touched for the very fist tiiiiime.«*

Ich holte summend die kabellose Box aus der Tasche. Sie hatte uns schon so viele Stunden voller Spaß und Tränen beschert. »Mikey? Muss ich erst den Moonwalk auspacken, damit du …«

»Schöne Bar hast du hier.«

Ich erstarrte in der Bewegung, fühlte mich wie am Boden festgefroren.

Das war nicht Mikeys Stimme.

»War mir gleich klar, dass du es nicht ewig in diesem Diner aushalten würdest. Du bist kein Pommes-Mädchen.« Liam klang kühl, trotzdem hing wieder dieser amüsierte Unterton zwischen seinen Silben.

»Was willst du hier?« Meine Muskeln fühlten sich an wie Zement, als ich mich zu ihm umdrehte. Er lehnte lässig hinter der Bar auf dem Tresen, wie jemand, den ich eingeladen hatte. »Heeeeey!« Er hob beschwichtigend die Arme. »Jetzt starr mich nicht an wie einen Einbrecher. Die Tür war offen.«

»Wo ist Mikey?«, fragte ich schneidend.

»Mikey?« Er zuckte die Achseln und kaute auf seinem Streichholz. »Nie gehört.«

»Du gehst wohl besser, bevor ich die Polizei rufe.« Als ich mein Handy aus der Tasche zog und Tess' Nummer eintippte merkte ich, dass meine Finger zitterten.

»Bitte was? Ich will doch nur ein bisschen plaudern.« Er stützte sich am Tresen ab und deutete auf eine der Flaschen. »Über diesen Whisky zum Beispiel. Jack Daniel's, ernsthaft? Du solltest hier lieber ordentliches Zeug ausschenken. *Ardbeg* zum Beispiel, sonst bist du nicht viel besser als dein fetter Boss.«

»Ich mein's ernst, du solltest jetzt gehen!« Ich umklammerte mein Handy und ließ ihn nicht aus den Augen.

»Hallo? Ich bin nur dein neuer Nachbar, der dich ein bisschen kennenlernen will. Ruft man deshalb die Bullen?« Er kam um die Bar herum und legte den Kopf schief. »Ihr seid ja ganz schön heftig drauf in eurem beschaulichen Ort. Hat dir das dein kleines Herzblatt eingeflüstert? Ist er etwa eifersüchtig? Verständlich. Ich meine, sieh mich an, ich bin ein Hammer-Typ.«

»Was erwartet ein Kerl denn, der sich noch nicht mal vernünftig vorgestellt hat, Liam?« Ich wich ein Stück zurück, als er auf mich zukam. »Du warst im Krieg, beobachtest mich, brichst in mein Privatleben ein und machst einen auf geheimnisvoll – was soll ich bitte von dir denken?«

Er blieb stehen und grinste. »Bravo! Ihr habt mehr Schneid, als ich dachte, der kleine Fuchs und du.«

»Darauf kannst du wetten!« Noch immer hielt ich mein Handy fest. Musste nur noch den grünen Hörer drücken, um Tess zu alarmieren.

»Okay, du hast mich erwischt.« Seine eisblauen Augen blickten an mir vorbei ins Nichts. »Ich bin vielleicht nicht nur hier, weil ich euer Dorf so romantisch finde, auch wenn ich wirklich auf Möwen abfahre und frischen Fisch und all das Zeug.«

Ich wollte schlucken, aber mein Hals fühlte sich blockiert an. Als würde ein großer Stein darin feststecken.

»Was willst du damit sagen?«

»Was ich damit sagen will? *Es ist der Anfang und das Ende … zur gleichen Zeit.*« Er machte noch einen Schritt auf mich zu.

Mir wurde so schlecht, dass ich mich an der Fensterbank festhalten musste. »Bleib, wo du bist, okay?«

»Ich weiß von deinen Träumen, Ewa.« Seine blauen Augen starrten direkt in mich hinein und ich hatte diesem Blick nichts mehr entgegenzusetzen. Alles in meinem Kopf drehte sich.

»Komm nicht näher, ich schwöre dir …«

»Du bist nicht verrückt. Lass dir das nicht einreden! Erzähl mir mehr von diesen Träumen, dann kann ich dir helfen. Ist es dieser Strand? Ist er es? Wieder und wieder?«

»Du sollst nicht näherkommen!« Mir schnürte es die Luft ab. Der Strand, diese blauen Augen, der ertrunkene Mann, alles drehte sich um mich.

»Und als du ein Kind warst, hast du auch schon Dinge gesehen, hab ich recht? Ist es nicht so?« Seine Worte umschwirrten mich wie Stechmücken. Hungrig und unbarmherzig. Und ich konnte nicht … konnte nicht …

»Was zum Teufel ist das hier?« David stand plötzlich in der Tür wie eine Erscheinung. Eine Pappe mit zwei Kaffeebechern in der Hand. »Was hat der hier zu suchen?« Seine dunklen Augen starrten mich an.

Für ein paar Atemzüge sagte niemand etwas.

Die Luft zwischen uns war zum Schneiden dick.

»Ich wollte sowieso gerade gehen.« Liam reckte David das Kinn entgegen, musterte ihn und grinste herablassend, als sein Blick die Becher streifte. »Wenn du reden willst, Ewa, du weißt, wo du mich findest.« Die Ladentür fiel hinter ihm ins Schloss und er war verschwunden.

Meine Knie fühlten sich an wie Götterspeise und ich ließ mich auf das breite Fensterbrett sinken.

»Was soll das bitte heißen, *wenn du reden willst*?« Etwas glühte in Davids Augen. Bitte nicht! Ich hatte gerade so was von keine Kraft, das auszudiskutieren.

»Weißt du, ich dachte, ich bringe dir einen Kaffee vorbei, weil du ja an der Bar arbeitest und wow, sie ist toll geworden, das muss ich schon sagen. Applaus.« Er stellte die Becher neben mir ab. Etwas zu grob, um es gut zu meinen. »Ich dachte, wir könnten ein bisschen plaudern in meiner Pause. Stattdessen finde ich dich hier mit ihm, dem Kerl, wegen dem wir uns ständig streiten und stelle fest, du plauderst ja schon.«

»Ich habe ihn nicht gebeten, zu kommen, okay?« Ich versuchte, mir die Benommenheit aus der Stirn zu reiben.

»Ach nein? Und woher wusste er dann, dass du hier deine neue Bar hast?«

»Gott, David, ich weiß es doch auch nicht! Ich hab ihm nichts davon gesagt.«

»Und wer war es dann? Der Geist in seinem Haus vielleicht?«

»Hör mal …« Ich richtete mich auf und sah ihn an. Die Bitterkeit, die tief aus meinem Magen aufstieg, brachte meine Stimme zum Beben. »Ich kann deshalb jetzt einfach nicht streiten, verstehst du das nicht?«

Für eine ganze Minute sah er mich nur an. Dann sagte er: »Nein, das verstehe ich nicht. Aber vielleicht ist das auch gar nicht mehr wichtig.«

Als er ging, trat ich so fest gegen die Wand, dass es schmerzte. »Verdammt nochmal!«

Es war so beschissen, dass er nichts verstand. Rein gar nichts! Und dass ich ihm nichts sagen konnte, weil ich Angst hatte, er würde es abtun. So wie meine Mutter damals alles abgetan hatte. Ich konnte das nicht noch einmal ertragen.

Es war das Schlimmste, die Hölle auf Erden, wenn ein Mensch, den man liebte, einem das Gefühl gab, man sei geisteskrank. Es einem so lange einredete, bis man selbst begann, es zu glauben. Das machte mir so eine Scheiß-Angst, dass es einen riesigen, dunklen Schatten auf meine Seele warf.

Geisteskrank …

Das Gesicht in den Händen vergraben ließ ich mich an der Wand hinuntersinken und kauerte mich schluchzend zusammen wie ein Fötus, den man viel zu früh aus dem Mutterleib gerissen hatte. Unfertig. Einsam. Unvollkommen.

Was passierte hier nur, verdammt nochmal?

Was zum Teufel stimmte nicht mit mir?

»Sorry, ich hab gnadenlos ver …« Mikey stolperte durch die Tür und blieb wie angewurzelt stehen, als er mich als weinendes Häufchen auf dem Boden hocken sah. »Oh Gott, Schätzchen, was ist denn passiert?«

»Hast du gestern den Laden nicht abgeschlossen?«, würgte ich unter Schluchzern hervor und blickte aus verquollenen Augen zu ihm auf.

»Ich … Oh Wow … Ich … wenn das so war, tut es mir leid. Wurde etwa etwas gestohlen?« Er ließ den Stoffbeutel zu Boden sinken, den er dabeihatte und sah sich mit aufgerissenen Augen um. »Falls ja, ich ersetze dir alles.«

»Können wir … zu Loki gehen?« Meine Stimme klang wie die eines verlorenen kleinen Mädchens.

»Ja. Aber ja. Natürlich.« Mikey war mit zwei Schritten bei mir und half mir fürsorglich auf.

Loki war unser Dreh- und Angelpunkt aus der Kindheit. Ein einzelner Fels in unserer kleinen Bucht, der aussah wie eine Statue mit einem Wikingerhelm, die höhnisch zum Rest der Felswand hinüberblickte. Den Namen Loki hatte Tess ihm verpasst, weil er dieses Verschlagene im Blick hatte, meinte sie. Ich hatte immer nur einen Helm erkennen können. Ein Gesicht hatte ich in diesem grauen Steinklops nie gesehen. Lag wahrscheinlich an meiner Engstirnigkeit … Tess sagte immer, er stand da sicher nur so mutterseelenallein herum, weil er die anderen verraten hatte wie in der Geschichte des echten Loki, des Gottes Loki. Aber das sei wohl okay für ihn, weil ein Loki gern allein war und allen anderen etwas Entscheidendes voraushatte:

Er war Gestaltwandler. Heute Seeadler, morgen ein Hai. Sie wäre liebend gern selbst wie Loki.

»Ich hab Tess geschrieben.« Mikey strich mir mitfühlend über den Arm. »Möchtest du einen Muffin? Hab welche von Lauren geholt. Motto-Muffins.«

Ich blickte matt auf das gurgelnde Wasser, das sich in den Felsen verlor und genoss die sachte Brise, die mir um die Nase wehte. »Warum hast du Tess geschrieben? Das ist doch Unsinn. Sie ist sicher auf Streife. Es geht schon wieder, Mikey.« Ich fummelte mein Smartphone aus der Tasche und tippte in unsere „Gang"-WhatsApp-Gruppe: »Falscher Alarm, Tess! Bleib, wo du bist!«

»Also nach falschem Alarm sah mir das vorhin nicht aus.

Eher nach einem Nervenzusammenbruch.« Mikey musterte mich skeptisch.

»Ein minimaler Gefühlsausbruch«, korrigierte ich und zwang mich zu einem Lächeln.

»Na, wenn du es sagst … Möchte die werte Dame dann lieber Prince Harry oder Meghan Markle?« Mikey zog das Papier von seiner Muffin-Box und präsentierte mir zwei selten hässliche Exemplare. Einer der Muffins sah nach Vanille-Geschmack aus. Wie ein missglückter Feuerwehrmann mit seiner roten Glasur auf dem Kopf. Sicher sollte dieser konditorische Unfall Harry darstellen. Der andere war Schoko und eher die Hexe Babayaga, als Meghan Markle. Beide hatten ein kleines British-Flag-Fähnchen in der Seite.

»Die Royal Edition, was?« Ich griff nach Meghan Markle und biss herzhaft hinein.

»God save the Queen.« Mikey nahm sich Prince Harry vor. »Du weißt doch, Lauren liebt es, zu experimentieren. Solltest mal sehen, wie sie das ganze angerichtet hat. Die Meghan-Muffins hat sie in einem abgegrenzten Bereich ins Exil verbannt, in den sie Tannenzweige geworfen und eine Figur von einem Braunbären gesetzt hat. Grandios. Ich musste so lachen. Kanada, verstehst du?«

Lauren war die ortsansässige Bäckerin und ihre Motto-Muffins immer wieder legendär … auf ihre eigene Weise.

»Wnn sch nsch fo n Mödschn wör, würd sch David ordntlsch vawamsn«, würgte Mikey unter drei Kilo Teig hervor. Eilig schluckte er alles herunter und erinnerte mich dabei an ein gieriges Möwenbaby. »Das vorhin war doch wegen ihm, oder?«

»Ich weiß auch nicht.« Nachdenklich blickte ich hinunter auf meinen halb verspeisten Muffin. »Ich hab einfach gerade das Gefühl, es zieht mir den Boden unter den Füßen weg.«

»Hmmm.« Mikey senkte ebenfalls den Blick. »So wie früher?«

»Nicht ganz.« Das Meer war ganz sanft heute. Eine friedliche, wogende Masse. »Früher konnte es mir nichts anhaben, zumindest nicht auf diese Art. Ja, ich habe Leute gesehen, die nicht da waren. Von Menschen geträumt, als würde ich sie kennen, aber es war nicht real, nicht greifbar.«

»Und dieser Junge …«

»Ja, der Junge ...« Ein tiefer Atemzug hob meine Brust. »Auch er. Er war da und dann wieder nicht.« Meine Mutter hatte ihn immer meinen albernen imaginären Freund genannt. Er war eines Tages einfach aufgetaucht, als ich ein kleines Mädchen war, etwas älter als ich und er hatte mich immer beschützt, wenn ich Angst hatte. Aber wir hatten nie geredet. Kein einziges Wort. Er tauchte auf und verschwand wieder, und wenn er da war, konnte nur ich ihn sehen. Ich kannte nicht einmal seinen Namen, aber das war auch nie von Bedeutung gewesen. Es gab so viel Wichtigeres als Namen. Vollkommen egal, was andere darüber sagten oder dachten, dieser Junge war das Beste gewesen, was mir damals passieren konnte. Freunde, das waren wir. Er war nicht nur einfach ein Junge, er war *mein* Junge.

Meine Kleine hat eine rege Phantasie, hatte meine Mutter sich immer vor ihren Freundinnen entschuldigt.

Und dann, eines Tages verschwand mein unsichtbarer Freund und kam nie mehr zurück.

Sehr zur Freude meiner Mom. Ich war am Boden zerstört.

Jetzt wirst du endlich erwachsen, Schätzchen.

Wenn ich heute an ihn dachte, waren meine Erinnerungen vernebelt. Wie die Albernheiten eines Kindes. Einbildungen. Hirngespinste. Und ich war damals so froh, als das alles ein Ende gehabt hatte. Als das Trauern um ihn nachließ. Endlich musste ich keine Furcht mehr haben, verrückt zu sein. Endlich durfte ich so normal sein wie all die anderen auch.

»Ich hab so eine Scheiß-Angst, dass mich das wieder einholt, Mikey.« Etwas Heißes drängte in meine Augen und schnürte mir den Hals zu. »Gerade scheint einfach alles von vorn loszugehen. Nur diesmal viel präsenter, viel *realer.*«

Die felsige Bucht und Loki verschwammen vor meinen Augen.

»Du musst keine Angst haben!« Tess kam plötzlich durch die Steine auf uns zu und schloss mich fest in den Arm. »Denn es gibt immer noch uns.

Und wir werden dir diesen hässlichen Vergangenheits-Scheiß vom Hals halten. Stimmt es nicht, Mikey?« Sie steckte in ihrer Polizeiuniform.

»Stimmt so was von«, pflichtete Mikey ihr bei.

Ich lachte und weinte zugleich in ihre rote Mähne. »Du solltest doch gar nicht hier sein!«

»Oh, mach dir da mal keine Gedanken. *Heil und Segen dir, Loki!*« Sie löste sich von mir und grüßte ihren Steinkumpel mit einer Verbeugung. »Mein Kollege steht mit dem Streifenwagen oben an der Klippe und telefoniert mit seiner neuen Flamme. Wir haben Zeit, glaub mir. Er formuliert die Dinge aus wie eine Tussi.«

»Wir haben jetzt aber keinen Motto-Muffin für dich.« Mikey zuckte bedauernd die Achseln.

»Hier, nimm meinen Rest! Frisch aus dem kanadischen Exil.« Ich reichte Tess Meghans tonnenförmigen Unterkörper und sie biss direkt hinein.

»Also«, kaute sie. »Was höre ich hier von den Geistern der Vergangenheit? Ist der Junge wieder da?«

»Der Junge, den es gar nicht gab, meinst du?«
»Meine liebe Ewa …« Tess streckte einen schokoverschmierten Finger vor mir in die Höhe. »Ich habe dir schon immer gesagt, du sollst deine Gabe nicht als Hirngespinste abtun. Lass es, okay?«

»Gabe … Tssss … Lass das mal meine Mutter hören!« Ich wischte mir grob übers Gesicht.
Sie stieß ein freudloses Lachen durch die Zähne. »Scheiß auf deine Mutter, okay?«
»Das sollte sie wohl auch lieber nicht zu hören bekommen«, gab Mikey zu bedenken.
Dann wirkte er plötzlich, als ginge ihm ein Licht auf. »Vielleicht könntest du eine eigene Show auf TLC rausschlagen, in der du jemandem im Supermarkt erzählst, sein toter Urgroßvater würde gerade hinter ihm in der Schlange stehen und versuchen, Spucktabak aufs Band zu legen.«

»MIKEY!« Tess stöhnte übertrieben. »Manchmal frage ich mich ernsthaft, wer dir ins Hirn geschissen hat. Ewa ist kein Scheiß-Medium. Und selbst wenn … Gott, das war ja wohl der bescheuertste Beitrag, die dir dazu gerade einfallen konnte.«

Die Sonne blendete meine Augen, aber ich wendete das Gesicht nicht ab. Sie prickelte auf der Haut und verursachte rote Flecken vor meiner Sicht. Es fühlte sich gut an.

»Ein Medium, hm?«, murmelte ich und dachte an den Jungen. Ich tat es nicht mehr oft, aber wenn ich es mir erlaubte, genoss ich es. Er war kein Geist gewesen. Keiner von ihnen war es. Diese Leute waren nicht tot. Es war vielmehr, als wären sie nur vorbeigezogen. Auf einer Reise, die ich eigentlich gar nicht registrieren sollte.

Ich hatte sie sehen können, obwohl ich es eigentlich nicht durfte. Wie hinter Glas. Nur dieser Junge … Er konnte auch mich sehen … und er hatte zugelassen, dass ich ihn ein Stück begleitete. Auf einer Durchreise, die ich nicht verstand.

»Ja, *Ewa, die Erstaunliche.*« Mikey machte eine ausladende Geste und Tess gab ihm eine Kopfnuss. »Genau! Und Mike, der Hohlkopf.«

Ich lachte leise und fuhr mir durch mein langes, blondes Haar.

Loki glänzte in der Sonne wie ein echter König. Das Meer benetzte seine Füße und er wirkte, als blickte er hinaus in die unendliche Weite der Welt. Die unergründliche Weite. In eine Weite, die sich nach mehr anfühlte. Heute und hier. Nach so viel mehr und doch gleichzeitig nach einem Gefängnis. Einem Käfig, in den wir uns selbst einschlossen und nach und nach an unseren immer gleichen Ritualen zugrunde gingen, ohne es zu merken.
Genau wie die Katze.

Sie hatte die Ratten geliebt und nicht gemerkt, welches Gift sie in sich verbargen. Sie war an etwas gestorben, von dem sie gedacht hatte, sie sei ihm überlegen. Man konnte nie vorsichtig genug sein, wenn man nicht in eine Falle tappen wollte.

»Es sind diese Träume«, sagte ich leise. »Sie werden schlimmer. Böser. Und inzwischen habe ich das Gefühl, sie werden zu einer realen Gefahr.«
»Woran machst du das fest?« Tess war alarmiert. Gefahr war ihre Spezialität.

Für ein paar Augenblicke überlegte ich, ob ich den beiden von der Begegnung mit Liam erzählen sollte. Aus irgendeinem Grund entschied ich mich dagegen.

»Ich fürchte, sie wollen mir etwas sagen. Etwas, das ich noch nicht verstehe.«

»Dann solltest du schleunigst dafür sorgen, dass du es verstehst.« Tess schüttelte sich die Krümel von der Uniform. Dunkelblau passte perfekt zu ihrem roten Haar. Ihr Kollege rief bereits oben an der Klippe ihren Namen.

»Ja.« Sinnierend blinzelte ich in die Sonne.

»Ja, vielleicht hast du recht.«

8. DIE WAHRHEIT

Als ich wieder nach Hause schlurfte, machte ich vor der Auffahrt kurz Halt, um hinüber zu Liams Bleibe zu sehen.

Dafür sorgen, dass ich es verstehe … Tess hatte Recht. Und es gab nur einen Weg, der zu diesem Ziel führte – und er würde David nicht gefallen. Oh, er würde David ganz und gar nicht gefallen.

Mein Blick wanderte hinüber zu unserem Küchenfenster. Ich konnte seinen Schatten dahinter rastlos auf und ab gehen sehen. Ein trockenes Schlucken schnürte meine Kehle zu. Wenn ich ihn nicht verlieren wollte, musste ich ihm die Wahrheit sagen.

Als ich ins Haus trat, unterbrach er sein ruheloses Umhergetiger und starrte mich aus schmalen Augen an. »Wir müssen reden.«

Nickend ließ ich mich auf einen Stuhl am Küchentisch sinken. »Erst rede ich und du hörst zu.«

Er wischte sich übers Gesicht und setzte sich mir gegenüber. Sein Oberkörper war nach hinten gelehnt, die Arme verschränkt, der Blick wie hinter Holzbrettern verrammelt. Entweder war er noch kein bisschen abgekühlt, oder er hatte seine Entscheidung bereits getroffen.

»David, bitte mach jetzt nicht zu, es ist wirklich wichtig.«

Er zog seinen Arm vor dem Versuch meiner Berührung zurück, räusperte sich und neigte den Kopf. »Fang an!«

»Ich weiß gar nicht, wo.« Seufzend blickte ich hinaus in das bronzefarbene Licht über dem Rasen. Die goldene Stunde war fast vorüber, bald würden die Schatten der Nacht ihren Glanz verschlingen. »Ich will nichts weiter, als dass du mein Verhalten verstehst. Und du kennst meine Vergangenheit mit all ihren Geistern.«

Es war ein solcher Vertrauensbeweis, dass er davon wusste. Natürlich hatte ich ihm ein paar Details verschwiegen, aber das Wichtigste hatte ich ihm alles erzählt.

»Ich weiß, dass du nicht darüber reden willst«, erwiderte David und die Kälte in seiner Stimme machte mir Angst. »Du musst dich also jetzt nicht dazu durchringen, nur weil …« Er schwieg, um nach den richtigen Worten zu suchen.

Nur weil was? Weil wir uns nur noch stritten? Weil ich mich von ihm entfernte? Oder er sich von mir? Oder weil wir hier gerade ein Trennungsgespräch führten?

Ein dicker Kloß im Hals hinderte mich am Schlucken.

»Es sind nicht nur meine Gespenster, die das hier so schwierig machen, okay?« Ich sah ihm fest in die dunklen Augen. »Was ist mit deinen? Was geht da in deinem Kopf vor, hm? Ein neuer Nachbar zieht ein und ich baggere ihn sofort an, weil ich sowieso alles nahtlos anbaggere, was neu in den Ort kommt? Warum sollte ich? David, ich *liebe* dich!«

Bei diesen Worten wurde sein Blick für den Bruchteil einer Sekunde weich und ich konnte sehen, wie er schluckte. »Dann erklär es mir, Ewa! Wenn du mich wirklich liebst, erklär es mir!«

»Er steigt mir nicht ohne Grund nach, okay?« Ich musste kurz pausieren, um die Worte ans Tageslicht zu prügeln, die eigentlich gar nicht hinaus wollten. »Er beobachtet mich, weil er etwas über mich weiß, David. Er könnte endlich Ordnung in das Gewirr in mir bringen, verstehst du? Er weiß irgendetwas über mich, kannte sogar diesen Satz aus einem meiner Träume … Die Albträume, weißt du? Das klingt vielleicht verrückt, aber …«

»Ewa.« Seine Stimme klang so hoffnungslos, dass ich sofort verstummte und mir das Herz wie ein schwerer Stein bis zu den Knien hinunterrutschte. Ein paar Sekunden lang sah ich ihn nur an und er vergrub das Gesicht in den Händen, stieß einen langen, schweren Atemstoß aus. Für eine Weile sagte niemand etwas. Mein Puls hämmerte schmerzhaft durch meine Venen. Passierte hier etwa genau, was ich befürchtete? Bitte nicht! Bitte, bitte nicht!

»Zwei Jahre lang hab ich mich vor diesem Tag gefürchtet.« Seine Hände fielen kraftlos von seinen Wangen hinunter und er blickte mich aus feuchten Augen an.

»Was meinst du? Ich …«

»Merkst du das nicht selbst? Deine Albträume werden schlimmer, wir streiten uns pausenlos, jeder Moment, in dem wir zusammen sind, macht alles nur noch schlimmer. Das hat Auswirkungen auf deine psychische Verfassung.«

»Was? Nein!« Meine Stimme versagte.

»Wir haben von Anfang an gesagt, wenn der Tag kommt, an dem wir einander nicht mehr guttun, werden wir auseinander gehen, und ich fürchte, dieser Tag ist heute.«

»Nein, nein, nein!« Er verstand es nicht. Er verstand absolut gar nichts. Es lag doch nicht an ihm. Was sollte ich denn noch sagen, damit er es endlich einsah?

»Du bist nicht das Problem, David. Ich bin es!« Am liebsten hätte ich ihn gepackt und geschüttelt, bis er es kapierte.

»Ich habe schon ein paar Sachen gepackt, Ewa.« Er richtete sich auf und wischte grob eine Träne von seiner Wange.

»Du hast was?« Auch ich sprang auf und ging um ihn herum, um nach seinen Armen zu greifen, aber er wich meinem Blick aus.

»Ich gehe eine Weile zu meiner Mutter, um einen klaren Kopf zu bekommen, okay? Wie du weißt, ist sie vor kurzem ausgewandert und kann ohnehin jede helfende Hand brauchen. Das räumt die Gedanken auf. Wir brauchen das. Du brauchst das.«

»Nach *Australien*? Du willst ans andere Ende der Welt gehen, gerade jetzt?« Ich zwang ihn, mich anzusehen. Sein Blick war tränenverklärt.

»Ich tue das doch nur für dich, Ewa.« Er versuchte, sich aus meinem Griff zu winden.

»Für mich?! Zum Teufel, nein, David. Das hier tust du nur für dich, nichts weiter.«

»Wir brauchen eine Pause.«

»Bei der kleinsten Schwierigkeit machst du dich einfach aus dem Staub und lässt mich damit allein, ja?«

»Eine Pause, Ewa.«

»Ich habe hier ein Problem, das du ganz weit von dir weg schiebst, und anstatt mir mal zuzuhören, *wirklich* zuzuhören, schiebst du es einfach auf meine Psyche.« Meine Stimme wurde lauter.

»Eine Pause.« Er stand vor mir wie eine Marionette, der man die Seile vom Körper gerissen hatte, schlaff und reglos.

»Du kommst nicht damit klar, was? Wirst deiner Mutter vorjammern, was deine Ex doch wieder für ein Psycho geworden sei. Ist es nicht so?«

Auch ich konnte die Tränen nicht mehr zurückhalten. Tränen aus Wut und Verständnislosigkeit.

»Ich will mich nicht von dir trennen, Ewa. Und ich werde ihr nichts dergleichen sagen. Aber ich kann nicht mehr, okay? Ich will nicht mehr streiten. Ich liebe dich und eben deshalb brauchen wir das jetzt.« Er schob mich zur Seite und ging hinüber ins Schlafzimmer, um seinen Rucksack zu holen. Voller Entschlossenheit lief er an mir vorbei auf die Tür zu, wagte es nicht, mich noch einmal anzusehen.

»Wenn du jetzt durch diese Tür gehst, David, wird sie sich für dich nicht mehr öffnen«, zischte ich und erschrak selbst über die Heftigkeit meiner Worte.

David blieb stehen, als wollte er zögern. Als hätte die Kraft dieses Satzes ihn doch noch umgestimmt. Dann ließ er die Schultern fallen und murmelte leise: »Mach's gut, Ewa.«

Während ich ihm nachsah, wie er langsam am Horizont verschwand, hatte die Sonne bereits einen roten Ton angenommen. Wie blutige Tränen glänzte ihr Licht auf dem brüchigen Asphalt der Straße.

Ein tiefer, böser Schmerz biss sich in meiner Magengegend fest und ein heftiger Schwall Wut ließ mich hinaus auf die Terrasse rennen, damit ich mir die Faust am Geländer wund schlagen konnte. »GENAU! HAU BLOß AB!«, brüllte ich.

»ICH BRAUCHE DICH NICHT!« Keine Ahnung, ob er mich noch hören konnte, aber es tat gut. Und es war mir so egal, ob Geister-Liam oder sein weibischer Lover meinen Anfall registrierten. Oder mein Chef oder seine Frau …

»KEINER BRAUCHT DICH! FEIGLING!«

Als ich genug geschrien hatte, holte ich mir eine Flasche Wodka aus dem Eisfach und setzte mich auf meinen Schaukelstuhl im Hinterhof.

Ich heulte und betrank mich, verfluchte innerlich alle Männer dieser Welt.

All diese kitschigen Bücher, verfickten Filme …

gaukelten einem vor, sie würden ritterlich für einen einstehen, einem in jeder brenzligen Situation den Hintern aus dem Feuer holen. In Wirklichkeit verpissten sie sich bei der nächstbesten Gelegenheit wie feige Ratten.

»Nein, Herr Gorbatschow«, beschimpfte ich die Flasche in meiner Hand. »Das hier ist keine verdammte Kitsch-Schmonzette. Ihr könnt euren Glitzer und die dämlichen weißen Pferde und Prinzen alle anzünden. Das hier ist das echte Leben, Sir! ANZÜNDEN, sollt ihr sie, VERSTANDEN?«

»Ja genau, anzünden, schon verstanden.« Jemand nahm mir die Flasche aus der Hand.

»Heeeeey!« Ich hatte tatsächlich schon einen in der Krone. Wahrscheinlich zu hastig getrunken.

Tess wuchs über mir empor wie eine Riesin und drückte mir ein Glas in die Hand. »Hier, du Aufständische. Jetzt gibt es erstmal Wasser.«

»Was machst du hier?« Ich hatte so Lust, sie zu sehen, und ich hatte so keine Lust, sie zu sehen. Eigentlich wollte ich viel lieber mit Gorbatschow weiter Scheiterhaufen in meiner Fantasie errichten.

»Bob von drei Häusern weiter hat mich angerufen, dass du hier Parolen herumschreist wie ein potenzieller Amokläufer.«

»Boah, dieser feige Verräter! Den zünde ich gleich mit an!«

»Hier wird erst mal gar niemand angezündet, klar? Ich bin jetzt bei der Polizei und müsste dich dafür verhaften.«

»Das würdest du tun?«

»Ja, aber ich würde dir noch am gleichen Tag einen Kuchen mit einer Feile reinschmuggeln.«

»Ich liebe dich!« Heulend fiel ich ihr in den Arm und sie hielt mich fest. Über die ganze Zeit, die ich schluchzte und in ihre rote Mähne sabberte.

»Er ist einfach abgehauen«, murmelte ich, als mein Anfall vorüber und das Wasser den Wodka ein wenig aus meinem Blut verdrängt hatte.

Tess nickte wissend. »Er hat keinen Arsch in der Hose, das hab ich dir schon immer gesagt.«

»Ja, das hast du.« Ich verzog das Gesicht.

»Es geht vorbei, okay? Du weißt das. Um den Verlust eines Menschen zu trauern, ist einfach nur Selbstmitleid. Du weißt, dass ich recht habe.«

»Ja, ich weiß.« Ich zündete die Kerzen auf dem kleinen weißen Metalltisch an, die Tess immer als Insektengräber bezeichnete.

»Weißt du noch, als meine Großtante Bibi gestorben ist?« Tess nahm einen Schluck von ihrem Wasser. »Ich dachte, ich muss mich danebenlegen. Sie war alles, was ich noch hatte.

Ich habe monatelang getrauert und bin vollkommen betäubt durchs Leben gestolpert. Bis ich mit einer solchen Heftigkeit kapiert habe, dass es genau das Falsche war. Ich schwöre dir, sie war aus dem Jenseits in mich gefahren, um mich so heftig zu schütteln, dass ich aufwachte, die gute Bibi. Was ich damit sagen will, ist … Das Leben ist so verdammt kurz. Feiere die kleinen Momente und behalte die guten Menschen im Herzen, bis deine Zeit gekommen ist! Denn sie würden nie wollen, dass du wertvolle Zeit damit verschwendest, ihnen nachzuweinen.«

Fragend sah ich Tess an und sie zuckte lachend mit den Schultern. »Oh Gott, hab ich mich jetzt verrannt. Sorry! Das hat dann wohl nichts mehr mit David zu tun, was?«

Lächelnd strich ich ihr über den Arm. Ich wusste, wie sehr sie Bibi noch immer vermisste, auch wenn sie ständig die starke Frau markierte. Sie trug ein Passbild ihrer Großtante in der Geldbörse mit sich herum und ich durfte es eigentlich gar nicht wissen …

»Hey!« Sie wischte meine Hand weg. »Wir sind ja wohl nicht wegen mir hier, oder? Und um David wird auch nicht geweint, aber aus einem anderen Grund. Nämlich weil er ein feiger, schwanzloser Sack ist, der keinen Funken Courage im Körper trägt, verstanden?«

»Weißt du, was unfair ist?« Mit einem Plautzen stellte ich mein Wasserglas auf dem Tisch ab. »*Er* kann einfach vor meinem Kopf davonlaufen, *ich* kann es nicht.«

»Alles hat seinen Sinn, okay? Was dich nicht umbringt, macht dich stärker. Und wenn ich eins in all den Jahren über dich gelernt habe, Ewa Walsh, dann ist es, dass du ein viel zu zartes Pflänzchen bist.

Das Leben ist wie eine Steilküste und wenn deine Blätter nicht ein wenig dicker werden, gehst du mit dem ersten Winter ein.« Tess gab mir einen Kuss auf die Stirn und richtete sich gähnend auf. »So, Püppchen. Ich mach mich vom Acker. Morgen Frühschicht. Aber danach hab ich ne Woche Urlaub eingereicht und wenn es dich nicht stört, würde ich in der Zeit gern die Lücke füllen, die David hinterlassen hat. Meine stinkenden Socken überall herumliegen lassen, ständig furzen und mir am Arsch kratzen und so.«

»Du gute Fee«, lachte ich müde. Sie war einfach die Beste. Komplett durchgeknallt, aber die Beste.

»So bin ich und kann nicht anders. Ich bringe nachher noch fix ein paar Sachen vorbei, okay? Und schön Finger weg von Gorbi, okay?«

»Jahaaaaa.« Ich verdrehte gespielt genervt die Augen.

Als ich die arme Motte beobachtete, die schon vor Wochen ihr jähes Ende als Mumie im Wachs meiner großen, roten Kerze gefunden hatte, dachte ich über den Spruch mit der Pflanze nach.

Tess' Lieblingsmetapher. Das Leben und die Steilküste. Der Anfang und das Ende, zur gleichen Zeit ... War ich wirklich so ein Weichei? Sie hatte schon irgendwie recht. Mein Pub war das erste Mal, dass ich überhaupt irgendetwas riskierte. Sonst ging ich immer allem aus dem Weg, das mir auch nur annähernd gefährlich werden konnte. Schaffte mir meinen sicheren Hafen und hielt mir jedes Risiko vom Leib. Verdammt, nicht der Winter würde mich umpusten, sondern schon die erste kleine Brise. Und dieser verfluchte Liam hatte auch recht. Ich hatte nicht den Mumm hinzuhören. Rannte nur jammernd im Kreis und hielt mir die Ohren zu. Ich hatte keinen Mumm für *irgendwas*.

Engstirnig. Angsthase. Jammerlappen!

Entschlossen richtete ich mich auf.

Das würde sofort aufhören.

Jetzt und hier!

9. JERICHO

Als ich das Haus umrundete, das jetzt nicht mehr unser, sondern nur noch mein Haus war, fühlten sich meine Knie weich an, aber mein Kopf war vollkommen klar.

Ich war nicht wie die Motte. Würde niemals wie sie sein. Gelähmt und gefangen meinem Schicksal ins Auge starren, nein! Wenn es sein musste, würde ich lieber sofort im Feuer der Flammen sterben.

Der Abend hatte den Tag bereits niedergerungen und ich rieb mir die wunden Finger, als ich langsam den grauen Asphalt überquerte, der mein Heim von Liams Bauruine trennte. Hinter der zerschundenen Terrassenumzäunung war ein kleiner Holztisch mit drei Stühlen aufgebaut. Ich konnte drei Gläser sehen und eine schlanke Flasche mit einer transparenten Flüssigkeit. So was von skurril.

Als würde er mich bereits erwarten.

Wie um meinen Verdacht zu bestärken, erschien Liam in der Tür, verschränkte die Arme vor der Brust und zog amüsiert einen Mundwinkel nach oben.

»Na endlich, Ewa Walsh. Dachte schon, du kommst gar nicht mehr. Sei unser Gast.«

Ich stieg die zerfallenen Stufen hinauf, setzte mich auf den Stuhl, der am weitesten von ihm entfernt war und räusperte mich. Mein Puls pochte mir wie ein Presslufthammer in den Schläfen, so angespannt war ich.

Seine eisblauen Augen musterten mich aufmerksam. *Wie eine Katze,* dachte ich. Dann kam er herüber, um mir etwas aus der Flasche einzugießen.

»Wasser«, merkte er nachsichtig an. Natürlich war ihm mein minimaler Ausraster da drüben nicht entgangen. Wie auch? Hatte bestimmt ganz Waverton mitbekommen. Und diverse Nachbarorte …

»Ich hoffe, du bist zufrieden«, murmelte ich, ohne ihn anzusehen.

Er tat einen langen Atemzug und setzte sich mir gegenüber. »Ach komm schon. Dieses Muttersöhnchen war nicht das Richtige für dich.«

»Sagt wer? Du etwa?« Jetzt hob ich doch den Blick und nagelte seinen fest.

Etwas wie jungenhafte Freude blitzte in seinen Augen auf. »Hast sicher schon gemerkt, dass ich nicht der Typ für geschwollenes Gerede bin, aber das alles wird für dich bald nicht mehr von Bedeutung sein. Überlass solche Banalitäten lieber Menschen, die nicht so sind wie du.«

»Nicht so wie ich? Wie … ich meine …« Meine Zunge fühlte sich schwer an. Das war nicht mehr der Wodka. Es war der Sturm, der sich wieder in meinem Kopf ankündigte.

Liam streckte mir seine Hand entgegen und ich erkannte eine breite Narbe über seinem Handgelenk.

»Mein voller Name ist Liam Bennett«, sagte er.

»Aber das weißt du bestimmt auch inzwischen selbst.«

Seinen Annäherungsversuch ließ ich unerwidert und lehnte mich skeptisch im Stuhl zurück.

»Hat dein kleines, feuerhaariges Recherchetalent sicher schon lange herausgefunden«, murmelte er der Vollständigkeit halber und zog ein Streichholz aus seiner Tasche, um es sich zwischen die Zähne zu schieben.

Feuerhaarig … Das würde Tess gefallen.

Wenn er wüsste, dass sie das Feuer nicht nur im Haar, sondern auch im Hintern hatte. Aber sicher würde er eines Tages noch in den Genuss kommen.

Tess hatte bisher noch jeden Kerl bekommen, auf den sie scharf war. Dass ich nicht auf ihn einging, schien Liam nicht zu stören. Er nahm es einfach nur zur Kenntnis. »Und ja, ich war im Krieg. Aber das Danach ist bestimmt nicht ganz so leicht in Erfahrung zu bringen, was?"

Der weiße Fleck …

»Tess vermutet eine Spezialeinheit.«

So ausgesprochen klang es doch reichlich albern. Liam sah mich mit hochgezogenen Brauen an, als müsste er erst herausfinden, ob ich das wirklich ernst meinte.

»Aaaah, jetzt wo du es sagst.« Er hieb mit der flachen Hand auf den Tisch, dass ich vor Schreck zusammenfuhr.

»Spezialeinheit für widerspenstige kleine Engländerinnen, Agent Bennett. Fast vergessen.« Er zwinkerte anzüglich. »Hab ja gehört, ihr sollt verrückt und spröde sein, aber ich hatte ja keine Vorstellung, *wie* verrückt und spröde.«

Idiot!

Sein Mitbewohner kam zu uns heraus und reichte Liam wortlos eine Flasche Becks.

»Das ist Jericho«, versuchte Liam sich wieder an Höflichkeit und nahm einen großen Schluck. Mein Blick wanderte hinüber und ich musterte seinen Freund unauffällig. Schlank, dunkles Haar, das ihm in die Stirn fiel, große blaue Augen, die ihm mit Sicherheit die Bewunderung so mancher Frau einbrachten. Attraktiv, aber noch ziemlich jung. Mitte Zwanzig vielleicht. Er nickte grüßend und sah mich an wie ein Wolf auf der Jagd.

»Mein wundervoller Bruder«, fügte Liam hinzu und ich war baff.

»Ihr seht euch gar nicht ähnlich.«

»Wir haben die gleiche Mutter. Er ist das Beste, was sie je zustande gebracht hat.« Noch ein Schluck Bier verschwand in seiner Kehle.

Jericho hörte nicht auf, mich anzustarren. Der Blick war intensiv. Als wollte er damit etwas aus mir hervor puhlen, von dem ich selbst noch nichts wusste. Merkwürdiger Typ.

Mit einem noch merkwürdigeren Namen.

»Ist er stumm?«, fragte ich leise, als könnte er mich nicht hören, wenn er stumm war.

»Oh, nein. Er redet nur nicht gern. Setz dich zu uns, Jerry!«

Jericho rührte sich nicht vom Fleck. Lehnte sich in den Türrahmen und zog eine Braue nach oben.

»Das ist sie also, Liam? Bist du sicher?« Seine Stimme klang unerwartet tief.

»Halt die Klappe und setz dich«, wies Liam streng an. Mir wäre es lieber gewesen, er hätte seinen Bruder nach drinnen geschickt. Ich konnte den Kerl nicht leiden.

»*Das ist sie also*?«, wiederholte ich Jericho, der sich langsam auf den Stuhl neben mir sinken ließ.

»Was *ist sie also*?« Eilig griff ich nach dem Glas und nahm einen Schluck. Ich wollte es wissen und ich wollte es nicht wissen. Wollte alles über mich erfahren und trotzdem nicht zu viel.

Wollte ... »Was bin ich denn? Warum bin ich so verdammt anders? Mein Kopf ist voller Dämonen, die einfach jeden vergraulen, der versucht, mir näher zu kommen und ich kann nicht darüber reden ... Kann mit keinem ... Mit niemandem ...«

Das Glas in meiner Hand zitterte und das Wasser bildete ringförmige Wellen, die sich überschlugen. Genau wie meine Gedanken.

Liam warf seinem Bruder einen vielsagenden Blick zu, der mir nicht entging, auch wenn er nur eine Sekunde dauerte. Dann richtete Jericho sich auf und ging ins Haus.

»Der Anfang und das Ende zur gleichen Zeit«, redete ich einfach weiter, während ich ins Nichts starrte. »Du wusstest davon. Wie konntest du davon wissen? Was hast du in meinem Kopf verloren? Und komm mir jetzt bloß nicht wieder mit unreifem Gerede von schlüpfrigen Spezialeinheiten, sonst schwöre ich, ich zermalme …«

»Hey! Ganz ruhig, okay?« Liams warme Hand griff nach meiner und brachte mich zum Verstummen. Seine Berührung fühlte sich merkwürdig an. Im ersten Moment war sie mir unangenehm, aber dann wurde sie plötzlich zu etwas Gutem. Zu etwas wie Hoffnung. Müde blickte ich zu ihm auf.

»Wie könnte ich ruhig bleiben? Wo ich doch von Tag zu Tag mehr das Gefühl habe, den Verstand zu verlieren?«

»Du verlierst nicht den Verstand, das habe ich dir schon einmal gesagt.« Er lächelte entflammt.

»Ganz und gar nicht. Du bist anders, das stimmt, aber du solltest Frieden mit diesem Anders schließen, denn bald wirst du Ruhe haben. Dann ist all das hier nur noch der Hauch einer Erinnerung. Versprochen.«

Ruhe … Wie wundervoll sich das anhörte.

Diese Ruhe wünschte ich mir seit meiner Kindheit.

»Wie konntest du die Worte kennen?« Ich zog meine Hand aus seiner. »Den genauen Wortlaut. Wie ist das möglich?«

Seine blauen Augen blitzten verschmitzt. »Du bist nicht die einzige mit diesem Traum. Viele andere hatten ihn bereits vor dir. Und jeder von ihnen dachte genau wie du, er würde verrückt.«

»Und du kennst all diese Leute? Wer sind sie?« Etwas Heißes wallte am Grund meines Magens auf.

Wenn es noch mehr wie mich gab, musste ich sie treffen. Sofort! Am besten noch heute! »Wer sind sie? Warum haben wir alle den gleichen Traum?«

»Langsam, langsam, ungestüme Ewa!« Er lehnte sich zurück und lächelte.

Für einen Moment konnte ich verstehen, dass Tess so hingerissen von ihm war. »Ich bin doch nur wegen dir hier«, fuhr er fort. »Wir haben also alle Zeit, die du brauchst, um es zu verstehen. Und wenn wir hier fertig sind, wirst du deinen lang ersehnten Frieden haben und Jericho und ich ziehen wieder unseres Weges, okay?«

Eine ganze Weile sahen wir einander schweigend an. Konnte das wirklich wahr sein? War er nur hier, um mir zu helfen? Was hatte er denn davon?

»Was ist mit den anderen passiert?«, fragte ich und mein Blick fiel auf Jericho, der im Haus hin und herlief und irgendwelche Koffer von A nach B trug.

»Sie haben aufgehört, zu träumen«, erwiderte Liam und nickte bedächtig.

»Und diese Leute, die ich gesehen habe? Haben die anderen sie auch gesehen?« Mein Inneres loderte wie prickelnde Flammen. Ich war nicht mehr allein, verdammt nochmal endlich nicht mehr allein.

»Die Leute … Ja.« Nachdenkliche Furchen gruben sich in seine Stirn. »Die Leute, die du da gesehen hast, waren wie du, Ewa. Das ist jetzt vielleicht noch schwer zu verstehen, aber du hast eine Fähigkeit. Und jeder von ihnen hatte diese Fähigkeit ebenfalls. Siehst du sie denn noch immer?«

Eine Fähigkeit? Ich verstand nur Bahnhof. Woher sollte ich denn plötzlich eine Fähigkeit haben? Ich war doch nicht anders, als jeder andere. Oder doch?

»Die meisten zogen nur schnell vorbei wie Halluzinationen.« Leer blickte ich hinunter auf den Rasen vorm Haus. »Aber einer blieb länger. Ich hatte ihn gern. Ein Junge. Heißt das, er war so wie ich? Hatte er auch diese Träume?«

»Ein Junge?« Liam unterdrückte ein Zusammenzucken. Was war das da in seinen Augen? Etwas blitzte bei meinen Worten darin auf. Neugier? Überraschung? Ich war mir nicht sicher.
»Wie lange ist das her?«

Bei dem Gedanken an ihn wurde mir warm. So warm, wie mir als Kind immer gewesen war mit ihm an meiner Seite. »Ich war noch klein. Und er verschwand, als ich älter wurde und kam nie wieder.«
Interessiert beugte Liam sich vor. »Wie oft war er bei dir?«

»Kann ich so genau nicht sagen. Ganz unterschiedlich. Warum ist das denn wichtig?«

»Ich fass es nicht.« Seine Augen schienen im Nichts nach etwas zu suchen. Beinahe konnte man sehen, wie es hinter seiner Stirn arbeitete. Dann ließ er sich kopfschüttelnd im Stuhl zurück sinken und wischte sich ungläubig übers Gesicht.

»Dieser kleine Bastard." Ein freudloses Lachen platzte aus ihm heraus, nur um kurz darauf wieder zu verstummen.

»Was?« Verstört beobachtete ich seinen merkwürdigen Ausbruch. »Er war also nicht nur eine Kinder-Phantasie?«

»Ich sage es dir jetzt nur noch einmal, Ewa Walsh: Du bist nicht verrückt und du warst es auch nie!« Er hatte sich noch immer nicht beruhigt, fluchte wüst vor sich hin und suchte in seinen Taschen nach etwas, das er schließlich vor mich auf den Tisch klatschte. Ein vergilbtes Schwarz-Weiß-Foto, vollkommen zerknüllt.

Nichts Gutes ahnend beugte ich mich vor, um das Bild besser erkennen zu können. Ein weißblonder Junge, der frech in die Kamera grinste und eine Zahnlücke präsentierte. Ganz klar der kleine Liam, kein Zweifel. Und er legte den Arm um jemanden, der nah neben ihm stand. Ebenfalls grinsend. Aber verhaltener. Mehr Tiefe in dem kleinen Gesicht.

Meine Hand strich die Knitter aus dem Foto. Wer sollte das …

Dann plötzlich traf es mich wie ein Schlag ins Gesicht. Hitze explodierte in meinem Magen. Nein! Das konnte doch überhaupt nicht sein!

Entsetzt zog ich das Foto näher zu mir, konnte nicht aufhören, darauf zu starren. Hier waren die beiden noch Knirpse, aber wenn man ein paar Jahre dazu dachte … Meine Augen brannten, das Herz schlug mir bis zum Hals.

»Das kann nicht … Das darf doch nicht …« Mit dem Finger strich ich wieder und wieder über sein Gesicht, einfach, um zu realisieren, dass dieses Bild wirklich existierte.

»Ist er das?«, fragte Liam ernster als je zuvor und verschränkte die Arme vor der Brust.

»Wer zum Teufel bist du, Liam Bennett?« Ich riss mich gewaltsam von dem Foto los und blickte ihn mit großen Augen an.

»Jemand, der Puzzleteile einsammelt.« Sein Blick glühte, als er das Foto wieder einsteckte.

»Voneinander getrennt sind sie zerrissen, nichtssagend und traurig anzusehen. Aber ganz am Ende, Ewa Walsh, ganz am Ende, wenn sie ein Bild ergeben, dann wird für uns alle ein Feuerwerk in den dunklen Himmel aufsteigen. Und mickrige Würmer wie dein David werden am Boden im Dreck stehen und den Kopf heben, um es zu bestaunen.«

»Ich …« Meine Beine wollten aufstehen. Sich bewegen, Abstand zwischen Liam und mich bringen. Ich verstand nicht. War mir nicht sicher, ob es nur an mir lag, oder ob es tatsächlich keinen Sinn ergab, was er da erzählte. Welches verdammte Feuerwerk? Was für ein Puzzle? Sollte ich etwa eines dieser zerrissenen, traurigen Teile sein, die verzweifelt ihr Ganzes suchten?

Ich verstand all das kein bisschen, aber das Verrückteste daran war, dass es sich *genau so* anfühlte. Ganz tief in mir. Schon mein ganzes verfluchtes Leben lang.

Was hatte das alles zu bedeuten? Und wie konnte er seine Kindheit mit dem Jungen aus meinen Wahnvorstellungen verbracht haben? Mit *meinem* Jungen? War das alles nur ein mieser Trick, oder hatte mir Liam tatsächlich das Schicksal geschickt?

»Ich müsste mal… du weißt schon…« Hastig richtete ich mich auf und drehte den Oberkörper in Richtung Treppe. Mir war schwindelig und ich musste mich kurz sammeln.

»Du kannst unser Badezimmer benutzen«, wandte er ein. »Oder meinst du etwa, wir hausen hier ohne fließendes Wasser? Du beleidigst mich.« Er schnippte sein Streichholz über den verfallenen Verandazaun und leerte sein Bier in drei großen Zügen.

»Gut. Okay.« Ich war viel zu durcheinander, um ihm zu widersprechen.

»Den Flur gerade durch und dann links.«

»Weiß ich«, erwiderte ich knapp. Ich hatte als Kind so viel Zeit hier verbracht, ich kannte dieses Haus mit Sicherheit besser als er, wenn ich es erst einmal betrat, und er grinste, als würde er es wissen. Mir war noch immer schwummrig. Ich hatte Mühe, nicht zu stolpern. Alles fühlte sich auf einmal schwer an. Mühsam tastete ich mich über die Schwelle und schlang die Arme um den Oberkörper.

Seit vielen, vielen Jahren hatte ich diese vier Wände nicht mehr betreten.
Seit ich wusste, dass er hier gestorben war. Keiner im Ort hatte je sagen können, was hier eigentlich wirklich passiert war.

Was *ihm* wirklich passiert war.

Warum hatte er nur all diesen Mist eingeworfen? Ein herzenswarmer Mann wie er … Kaum hatte ich den ersten Fuß auf die knarrenden Holzdielen gesetzt, schien es schlagartig kühler zu werden. Das Gemäuer trauert noch immer. Benommen schüttelte ich den Kopf. Davids Einfluss haftete wohl noch an mir.

Jericho lehnte in der Tür zum ehemaligen Wohnzimmer und folgte mir mit seinem wissenden Blick. Hinter ihm erkannte ich staubige, abgedeckte Möbel und als ich die Toilette erreichte, surrte mein Telefon in der Tasche.

Ich komme in 20 Minuten rum und bringe schon mal ein paar Sachen vorbei. Wird ne Hammer-Ladies-Woche. Hab »Stadt der Engel« dabei, damit du es raus lassen kannst. Crying is healing, Baby!

Tess//

Darunter zappelte ein GIF mit einer weinenden Frau hinter einem riesenhaften Rotweinglas.

Auf Liebesfilme hatte ich jetzt in etwa so viel Lust wie auf einen Parasiten im Darm. Aber ich musste mit ihr reden. Ganz dringend mit ihr reden.

Auf dem Rückweg zur Terrasse war der schweigsame Jericho verschwunden und ich lugte hinüber zu der schlafenden Einrichtung. War es in diesem Raum passiert? Oder auf dem Dachboden? Ich wusste es nicht. Und wollte es eigentlich auch gar nicht wissen.

Mein Blick fiel auf einen Stapel Dokumente auf dem Schreibtisch, der komplett von Staub befreit worden war. Als ich näher heranging, wurde mir bewusst, dass jemand diese Zettel gerade erst vor kurzem hier abgelegt haben musste. Welche unfassbaren Informationen warteten in diesem Haus noch darauf, von mir gefunden zu werden?

Die graue Schicht war fein säuberlich von dem dunklen Holz gewischt worden und das saubere Blütenweiß der Schreiben legte die Vermutung nahe, dass sie jemand eben erst aus irgendeinem Schrank gekramt hatte. Das war absolut nicht okay. Die Sachen hier gehörten Mr. Greenie.

DIE KLEINE EWA WALSH, fiel mir eine Seitenüberschrift ins Auge und ich traute meinen Augen nicht. Was? War das tatsächlich mein Name, der dort geschrieben stand? Ungläubig schaltete ich meine Handyleuchte ein.

18.10. SIE BESITZT EIN WIRKLICH AUFGEWECKTES TEMPERAMENT. KEINERLEI ANZEICHEN VON WAHNVORSTELLUNGEN, WIE IHRE MUTTER JEDEM ZUSICHERT. HEUTE HAT EWA EINE FRAU GESEHEN. VOR MEINEM HAUS. SIE SAGTE, SIE WÄRE TRAURIG UND WÜRDE SINGEN. ICH KONNTE NICHTS DERGLEICHEN WAHRNEHMEN. KLARE AUGEN. VITALZEICHEN NORMAL. PUPILLEN GEWEITET. SONST ALLES UNAUFFÄLLIG.

Übelkeit krampfte meinen Magen zusammen, während ich weiterblätterte. Er meinte tatsächlich mich. Ich erinnerte mich an diesen Tag. An die bekümmerte Frau. Ganz plötzlich kamen die Erinnerungen zurück.

23.10. HEUTE WAR WIEDER DIESER JUNGE DA, SAGT SIE. SIE MAG IHN. ABER KEINER SONST KANN IHN SEHEN. MEDIUM?

Ich blätterte hastig weiter.

10.11. KEIN MEDIUM! LEUTE SIND NICHT TOT. SIND DA. ABER AUCH NICHT DA. ZIEHE PROFESSOR BIRKENBLATT ZURATE.

Meine Hände zitterten so heftig, dass ich die krakelige Schrift kaum noch entziffern konnte. Was sollte das bedeuten? Greenie hatte über mich geschrieben. Ja, nahezu Buch geführt. Aber wieso?

24.11. EWA HAT HEUTE GEBURTSTAG. ABER ES IST EIN TRAURIGER TAG. DER JUNGE IST VERSCHWUNDEN UND NOCH DAZU SOLL SIE AUF EIN INTERNAT. SPRECHE MIT MEINER BETTY. SIE WIRD DAS VERHINDERN. EWAS TRÄNEN ZERREIßEN MIR DAS HERZ. WEITERHIN KEINE RÜCKMELDUNG VOM PROFESSOR.

Die Zettel rutschten mir aus den Händen und segelten zu Boden. Was sollte das hier heißen und warum lag dieses skurrile Pamphlet hier herum? Hatte Jericho all das herausgewühlt? Oder war es Liam gewesen?

»Er wusste, dass du besonders bist«, ertönte Liams Stimme hinter mir und ich erschrak mich fast zu Tode. »Und deshalb ist ihm am Ende das passiert, was wohl allen armen Tropfen passiert, die ihre neugierigen Nasen in etwas stecken, das zu mächtig für sie ist. Ende. Abgang und Applaus.«

»Warum sagst du mir nicht, dass ihr so etwas gefunden habt?« Diese Situation war so gruselig, dass mir ein eisiger Schauer über den Rücken lief.

»Hätte ich noch getan, keine Sorge. Ich musste aber vorher sicher sein, dass du wirklich das Mädchen auf dem Papier bist. Das war sehr wichtig. Und danke, dass du mir von dem Jungen erzählt hast. Auch das war wichtig.«

»Wichtig wofür?«

»Für alles, was jetzt kommt.«

»Was jetzt kommt?« Unsicher machte ich einen Schritt zurück und wäre beinahe auf einem der Papierstücke ausgerutscht.

»Du wurdest ausgewählt, Ewa Walsh. Als du noch ganz klein warst. Wahrscheinlich erinnerst du dich nicht daran.

Aber jetzt bist du, was du bist. Und ich bin glücklich, dass wir dich zuerst gefunden haben.«

»Ich … muss weg. Zu mir … ich …«, stammelte ich und schob mich an ihm vorbei durch die Tür. Die Sache begann, mir wirklich verdammt unheimlich zu werden. Das war auf jeden Fall genug für heute. Mehr als genug. Eine Sekunde lang hatte ich Angst, er würde versuchen, mich aufzuhalten, aber er lächelte nur und trat sogar zur Seite, um mir Platz zu machen.

»Schon gut. Wir sehen uns bald wieder. Ich habe versprochen, dir Ruhe zu verschaffen. Und ich habe keines meiner Versprechen je gebrochen. Kein einziges.«

10. BEISTAND

Ich sage dir, ich kam mir vor, wie die Trulla aus *Tribute von Panem*«, zischte ich, während ich gehetzt alle Rollos herunterließ. »Dachte, sie stecken mich jeden Moment in eine Arena und lassen mich gegen gruselige Hologramm-Monster kämpfen. Es tut mir echt leid, dir das so sagen zu müssen, aber das Objekt deiner Begierde hat offenbar mächtig einen an der Schüssel.«

»Mmmmh«, schnurrte Tess, während sie ihre Shirts in meinen Schrank stapelte. »Das macht mich scharf. Vielleicht gehe ich mal rüber, lasse mir aus der Hand lesen und frage ihn, ob er seine Kristallkugel rausholen möchte.«

»TESS! Das ist kein Spaß. Der alte Greenie hat Buch über mich geführt. Ich war ein Kind und er hat jeden meiner Schritte dokumentiert wie ein perverser Stalker.«

»Das allerdings widert mich mächtig an.« Sie hatte ihre ernste Polizeistimme aufgelegt.

»Hattest du je den Eindruck, er könnte auf kleine Mädchen stehen?«

»Gott, nein«, protestierte ich. »Nein. Ganz und gar nicht! Vorhin, da war es plötzlich, als kämen alle Erinnerungen auf einmal zurück. Und das, was er über mich schrieb … Tess, er hat mich ernst genommen. Im Gegensatz zu meiner Mutter. Und seine Frau hat offenbar verhindert, dass ich ins Heim gesteckt werde. Zumindest hab ich das herausgelesen aus seinem … *Ewa-Tagebuch.*« Wieder durchfuhr mich diese ekelhafte Welle aus Kälte.

»Ganz offensichtlich bist du noch krasser, als ich dachte.« Tess musterte mich wie eine seltene Spezies in einem Käfig. »Eine Marvel-Heldin? Oder doch eher DC? Wir werden es herausfinden.«

»Wenn ich wirklich für irgendetwas ausgesucht wurde, als ich noch ein Kind war, wie Liam behauptet, warum erinnere ich mich dann überhaupt nicht daran?«

»Weil dein Gedächtnis gelöscht wurde?« Tess nahm den Teekessel vom Herd, um ihn aufzufüllen.

»Schon klar.« Ich seufzte. »Und wenn wir Marvel und DC mal außen vor lassen?«

»Dann« Sie drehte den Wasserhahn auf. »muss es einfach verdammt lange her sein. Vielleicht warst du noch ein Baby?«

»Ein Baby…« Grübelnd starrte ich ins Nichts. Tess schaltete den Herd an und schnaubte.

»Aber was, wenn du recht hast und Leckerchen Liam tatsächlich einfach nur gewaltig einen an der Gondel hat, hm?

Mit großer Wahrscheinlichkeit will er dir einfach nur Angst machen, um dich in Zukunft von seinem tragbaren Drogenlabor fernzuhalten oder dich ins Bett kriegen, indem er sich dein Vertrauen erschleicht. Ich hab es tagtäglich mit so vielen Idioten zu tun, da fällst du vom Glauben ab, und Männer sind prinzipiell von vornherein schon mal immer Idioten, mein Liebling.«

»Tess.« Ich drehte unruhig eine blonde Haarsträhne zwischen den Fingern. »Er erzählte auch irgendetwas von wegen, er sei froh, dass er mich zuerst gefunden hat …und wenn er kein Spinner ist … wenn er wirklich kein Bekloppter ist …«

»Wovon wir nicht ausgehen«, unterbrach mich Tess, aber ich redete einfach weiter: »Wenn er recht haben sollte, mit dem, was er sagt … Dann ist jemand auf der Jagd nach mir und wenn ich Pech habe, ist dieser jemand nicht so flauschig wie Liam und sein kleines Brüderchen.« Die Worte, die da über meine Lippen flossen, ließen eine stechende Übelkeit in meinen Eingeweiden anschwellen, jetzt, wo ich sie ausgesprochen hörte.

»Warte mal …« Tess funkelte mich mit ihren grünen Augen an. »Auf der Jagd? Du meinst echt, jemand sei auf der Jagd nach dir? Wie verdammt gruselig wäre das denn?« Marvel und DC schienen vorerst vergessen. Das hier war leider kein wahnwitziger Film aus einer Hollywood-Schmiede, auch wenn mir das eindeutig lieber gewesen wäre.

»*Jetzt bist du, was du bist. Und wir sind glücklich, dass wir dich zuerst gefunden haben.* Das war Liams Wortlaut. *Zuerst … Zuerst*, verstehst du?«

Diese Schriftstücke, Jerichos gieriger Blick, der Junge, die alten, abgedeckten Möbel. Alles drehte sich um mich.

»Nein.« Tess starrte ins Nichts und zupfte an ihrer roten Mähne. »Nein, das verstehe ich ganz und gar nicht. Aber es gefällt mir gleichzeitig auch ganz und gar nicht. Ich kann ihm nur wünschen, dass er ein Irrer ist, sonst schleife ich ihn bei der nächsten Drohung dieser Art direkt aufs Revier.«

Ihr Blick schien im Raum nach Antworten zu suchen. Dann presste sie die Lippen zusammen, griff in ihre Tasche und hielt mir die Visitenkarte ihres Vertrauten hin. »Ich kann immer erst nach zwanzig Minuten bei dir sein. Matt ist schneller. Und er hat ein ganzes Arsenal an bewaffneter Gefolgschaft. Er ist der Rambo der Neuzeit.«

Skeptisch musterte ich das Stück Pappe in ihrer Hand. »Übertreibst du jetzt nicht etwas?«

»Ja, hoffentlich. Man kann nie vorsichtig genug sein. Ich wollte sie dir sowieso geben. Aber nicht vor Mikey. Er würde auch eine haben wollen und dort nur aus reiner Neugier anrufen, sich als Elektriker ausgeben und anschließend deren Netzwerk hacken.«

»Du hast so recht!« Unter anderen Umständen hätte ich jetzt gelacht. Stattdessen griff ich seufzend nach der Karte und hoffte eindringlich, sie nie benutzen zu müssen.

»Weißt du, was am unfassbarsten war?" Mein Blick verdunkelte sich bei der Erinnerung.

»Was kommt bitte jetzt noch?« Tess musterte mich besorgt und strich mir eine Haarsträhne aus dem Gesicht. »Was? Sag schon!«

»Ich weiß nicht, ob ich jetzt vollkommen verrückt werde, aber er hatte da ein Foto … Von sich als Kind und bei ihm … bei ihm …« Es war, als schnürte sich mein Hals zusammen.

»Was? Was war bei ihm?« Tess schüttelte mich sacht.

»Der Junge, Tess.« Ich hob den Blick und sah sie mit müden Augen an. »Bei ihm war mein Junge. Das spricht gegen unsere Theorie, dass er einfach nur irre ist, richtig? Bilde ich mir wieder Dinge ein, Tess? Ist das da drüben wirklich passiert?«

Sie starrte mich an wie vom Donner gerührt. Sprachlos. Fassungslos. Dann streichelte sie mir fürsorglich über den Kopf, nahm mich in den Arm und half mir hoch.

»Okay … Das ist ziemlich crazy. Wir werden der Sache auf den Grund gehen. Und du bist nicht verrückt, okay?«

»Bin ich nicht.«

»Nein, bist du nicht.«

Sie war nicht die erste, die das heute sagte, aber machte das etwas besser? Ich atmete ein paar Mal tief durch und tastete mich über den Flur in den Nachbarraum.

»Ich mach uns jetzt erst mal einen Tee und dann sieht die Welt schon wieder ganz anders aus«, rief Tess mir hinterher. »Gefunden vor allem … Der soll erst mal warten, bis ich ihn finde«, fuhr sie ungehalten die Krallen aus, während ich im Schlafzimmer nach einem Kugelschreiber suchte.

»Ein Wort von dir und ich nehme ihn mir direkt vor«, schimpfte sie weiter. »Nein warte. Ich hole ihn mir auch ohne dein Wort. Weiß der eigentlich, dass ich bei der Polizei bin?«

»Denke nicht. Aber so gruselig das auch alles sein mag, ich fürchte, er ist der einzige, der mir wirklich helfen kann, Tess.«

Professor Birkenblatt, schrieb ich in eine freie Ecke auf Matts Karte. Dann ließ ich mich kraftlos aufs Bett sinken.

Zu viel für einen Tag.

Viel zu viel!

»Hey Ewa …« Das Kätzchen Tess hatte sich endgültig aus dem Staub gemacht. Jetzt sprach eindeutig die Tigerin.

»Was?«

»Wir bekommen Besuch.«

11. DAS ENDE UND DER ANFANG ZUR GLEICHEN ZEIT

Ich lugte durch die Jalousie am Kopfende des Bettes. Liam und Jericho kamen hintereinander die Auffahrt hinauf.

Was wollten sie noch?

War für heute denn nicht genug gesagt? Seufzend steckte ich die Karte in die Tasche meiner Jeans und drückte mich vom Bett hoch.

Tess erschien auf dem Flur, warf mir einen lodernden Blick zu und griff nach der Klinke.
Gut so. Sollte die Raubkatze sie nur in die Flucht schlagen. Ich hatte keine Lust mehr. Mein Kopf war leer, die Synapsen durchgebrannt.

»So, Jungs, es wird wirklich Zeit, dass wir mal ein ernstes Wörtchen miteinander reden.« Sie hatte die Tür geöffnet und ich hörte die dumpfen Schritte der beiden auf der Terrasse.

»Ewa ist mein Lieblingsmensch. Wer sie will, muss erst an mir vorbei, verstanden? Am liebsten wäre es mir, wir würden uns auf dem Revier weiter…« Etwas zischte ganz merkwürdig und Tess verstummte. Ihre Augen weiteten sich und sie kam ins Taumeln. Im ersten Moment verstand ich überhaupt nicht, was hier gerade passierte.

Dann machte sie eine halbe Drehung und griff unbeholfen nach dem Türrahmen. Für den Bruchteil einer Sekunde erkannte ich etwas wie ein Loch in ihrer Stirn. Nein! Das träumte ich nur. Das war nicht echt.
Sie rutschte ab, stürzte zu Boden und blieb reglos auf dem Abtreter liegen.

Meine Lunge schnürte sich zusammen, ich schlingerte und glitt von der Kante des Bettes.

Das ist nicht echt!

Nur wieder ein Traum, okay? Nur ein Traum!

Mein Herz hämmerte so heftig, dass ich das Gefühl hatte, an den Schlägen ersticken zu müssen. Als ich hinters Bett fiel, sah ich sie auf der anderen Seite liegen. Die Augen aufgerissen und starr. Zähes, braunes Blut verklebte ihr rotes Haar und bahnte sich seinen Weg zur offenen Schlafzimmertür in meine Richtung.

»Ewa?« Liams Stimme trieb mir das blanke Entsetzen in die Knochen. Unter dem Bett hindurch sah ich ihn zuerst über die Schwelle kommen. Ein dunkler Sneaker und noch einer. Langsam, wachsam. Auf Höhe seiner Oberschenkel Hände in dunklen Handschuhen und die Waffe mit Schalldämpfer, die Tess ... die Tess ... Tess ... Gott, das hier war kein verdammter Traum. Das passierte tatsächlich.

Die Umgebung verschwamm hinter wabernden Tränen, meine Brust schmerzte, die Lunge brannte.

»Ist sie noch hier?«, hörte ich Jericho flüstern, während er Tess leblosen Körper mit dem Fuß zur Seite schob. Ich konnte meine Augen nicht von ihr lassen. Steh auf! Bitte steh wieder auf! Tess! Bitte!

»Wo auch immer sie steckt, kleiner Bruder … Wir müssen sie beiseiteschaffen, bevor die anderen sie finden.«

»Das werden wir!« Jericho machte einen Schritt ins Schlafzimmer hinein auf mich zu und lauschte.

Beiseiteschaffen?

Die wollten mich auch noch umbringen.

Einfach so abknallen, genau wie Tess.

Tränen liefen über mein Gesicht.

Steh auf! Steh auf! Steh auf!

In dem Moment schrie der Teekessel so markerschütternd los, dass ich aus meiner Starre gerissen wurde und die Brüder erschrocken in Richtung Küche stürmten.

Adrenalin raste in einem heftigen Sturm bis in meinen Kopf hinauf und brachte mich auf die Füße.

Mit einer ungeahnten Kraft trat ich die Klappe zum Lastenaufzug in der Wand auf, sprang hinein und kurbelte mich so schnell nach unten, wie ich konnte.

»Verflucht, stell das Ding ab!«, hörte ich Liam noch wüten, während ich in den Kellergang sprang, der mein Haus mit dem von Mr. Greenie verband. Das Blut kochte durch meine Venen. Beinahe wäre ich gestürzt. Meine Knie waren wie Gummi. Taumelnd fiel ich von Wand zu Wand. Es roch nach Staub und noch etwas anderem. Chemisch. Mein Mund schmeckte nach Metall. Tess! Das Atmen war so schwer. Ich dachte, ich müsste ersticken. Auf dem Gang musste ich mich ducken. Stürzte, kam wieder hoch, hustete. Pelzige Bündel bedeckten die Gänge. Etliche davon. Ich sah sie nur als Umrisse, aber es gab keine Frage. Ratten bis zu meinen Knöcheln. Überall tote Ratten.

Eine schmale Treppe nach oben und ich war in Mr. Greenies Erdgeschoss. Noch immer der Tisch auf der Terrasse, an dem wir eben noch gesessen hatten. Drüben auf der anderen Straßenseite meine offene Tür. Ich sah Tess darin liegen, im matten Licht meines Flurs.

Unwirklich. Leblos. Unwahr.

Ihr Anblick rammte mir ein Messer zwischen die Rippen.

»Es tut mir so leid!« Mehr ein Würgen, als Worte. Zu viel Schmerz. Er hatte sie umgebracht. Einfach so umgebracht. Keuchend sprintete ich zum Hinterausgang und war mit dem nächsten Sprung draußen auf der Straße.

Und dann rannte ich. Rannte so schnell, mich meine Füße trugen. Der Wind riss an meinen Haaren. Ich würde rennen, bis die Sonne aufging. Rennen, rennen, rennen, bis ich vor Erschöpfung zusammenbrach.

Jeder Schritt, jede Erschütterung machte mir die Realität bewusster.

Das hier war tatsächlich passiert.
Er hatte sie erschossen, obwohl er eigentlich *mich* hatte erschießen wollen.
Von jetzt an war ich allein.
Und ich war auf der Flucht.

12. DIE LETZTE

Zehn Minuten später gaben Liam und Jericho Bennett die Suche im Greenie-Haus auf, packten routiniert die wichtigsten Dinge zusammen, setzten sich ins Auto und machten sich auf den Weg. Sollte sie nur davonlaufen, völlig okay. Sie liefen immer davon, das war nur menschlich. Am Ende aber schnappten die beiden sie noch immer alle. Liam hatte im Krieg viel über die Menschen gelernt. Zum Beispiel, dass Angst kein kluges Gefühl war.

Angst rannte planlos umher und schließlich in die nächstbeste Falle. Und wenn dieser Moment kam, war es wichtig, dass jemand mit angelegtem Gewehr in der Deckung stand.
Brummend schob er sich ein Streichholz zwischen die Zähne.

Der Junge. *Sie hatte ihn gern.* Dass er nicht lachte. Dieser idiotische Trottel war bei ihr gewesen, wieder und wieder. Hatte gedacht, niemand würde es je erfahren und ihnen allen frech ins Gesicht gelogen. Er hatte von ihr gewusst. Und das für eine so verdammt lange Zeit. Cleveres Bürschchen. Wirklich verflucht clever. Liam zermalmte den Holzstab mit einer solchen Heftigkeit, dass seine Zunge zu bluten begann.
Es war genauso gekommen, wie er befürchtet hatte. Der Kerl am Strand war nicht der Letzte gewesen.
Die widerspenstige kleine Ewa war die Letzte.

... Fortsetzung folgt ...

Wenn dir die Geschichte gefallen hat und du jetzt schon mit Herzflattern auf Teil 2 wartest,
tritt gern der Facebook-Gruppe „Die MONOCHROM-Serie“ bei. Dort erwarten dich geheime Einblicke in die nächsten Folgen, exklusive Gewinnspiele und Diskussionsrunden zu den Charakteren. Wärst du Liam und Jericho auf den Leim gegangen? Oder hast du sie von Anfang an durchschaut?

Natürlich würde ich mich auch sehr über ein / zwei Sätzchen in Form einer Rezension freuen. Da geht das Schreiben der nächsten Teile gleich noch viel flüssiger von der Hand ☺

Über die Autorin:

"Das Erwachen" bildet den Auftakt des abenteuerlichen Dystopie-Serials "**MONOCHROM**"

Sophie Hilger wurde 1986 als Winterkind in Berlin geboren.

Nach der Ausbildung zur Drehbuchautorin brachte sie recht schnell ihren Erstling, die Dystopie "PHYSIS" auf den Markt. Es folgten die paranormale Mystery-Reihe "Seelensucher", zwei humoristische Reiseberichte (über eine Karibik-Kreuzfahrt und einen irren Roadtrip durch ganz Großbritannien) und "Das erste Jahr mit Emma", ein Buch über ihre chaotische Rhodesian Ridgeback-Hündin.
Sophie liebt herben Whisky und träumt von einem eigenen Pub in Südengland, genau wie ihre Protagonistin Ewa Walsh in Monochrom.

Die Idee zu der Geschichte kam ihr während eines Aufenthaltes in London wie ein Blitzschlag und wollte sofort aufs Papier. Monochrom erzählt von Grenzen, die zum Sprengen gemacht sind, von Schicksal, Freundschaft und den wundervollen Dingen, die uns Menschen begegnen könnten, wenn wir in der Lage wären, einen größeren Teil unseres Gehirnes zu nutzen. Es ist ein Machwerk zwischen den Welten und ein absolutes Herzensprojekt der Autorin.

Sophie-Hilger.de

facebook.com/sophiehilgerautorin/

instagram.com/sophie.hilger/

PHYSIS
Genre: Dystopie
Teil: 1 von 2
Seiten: 360

Unsere Erde liegt im Sterben.

Eine verheerende Ölkatastrophe hat fast alle Wasserresourcen vergiftet und beschert uns eine Zeit der Angst und Einschränkungen.

Inmitten dieses Chaos tüftelt Emma Winter an ihrem **Lebenswerk**. Sie ist keine gewöhnliche Systementwicklerin - **kickboxt, trinkt und hält sich jede überflüssige Emotion vom Hals.**

Als der **einflussreiche Lukas Mehring** ihr einen Job anbietet, der das Schicksal der Menschheit im letzten Moment herumreißen soll, zögert sie nicht lange.

Doch auf dem **abgeschotteten Hochsicherheitsgelände** ist nicht jeder der, für den er sich ausgibt.

Das Projekt **wird plötzlich von Terroristen angegriffen**, die **Emma als Geisel verschleppen**. Noch während sie um ihr Leben kämpft, passiert etwas, das alles Bisherige auf den Kopf stellt. **Etwas so Unglaubliches, dass Emma an ihrem Verstand zweifelt.**

Wird sie es schaffen, sich auf die richtige Seite zu schlagen, bevor es zu spät ist?

Eine Dystopie, die Löcher reißt.

Eine Geschichte, die Augen öffnet.

"**Anders. Überzeugend anders**!" - Gedankenvielfalt

"**Mein Mund steht immer noch offen**." - Fuchsias Weltenecho

"**Eine unheimlich gelungene Dystopie voller Spannung und Hoffnung.**" - Hearty Kisses

PHYSIS 2 - Die Umkehr

Drei Jahre sind vergangen.

Fast nichts erinnert mehr an die furchtbare Katastrophe, die um ein Haar die gesamte Menschheit ausgelöscht hätte. **Emma hütet ihr Geheimnis weiterhin eisern.**

Niemand darf je erfahren, **mit wessen Hilfe** sie die Erde damals vor dem Untergang bewahrt hat. Geblieben sind ihr davon nur **das Physis um ihren Hals** und die Kooperation mit Rikard, **die unsere Welt weiterhin mit Gaya verbindet.**

Doch eines Tages macht sie einen schrecklichen Fehler -
und Rikard verzeiht Fehler nicht.

Ein **actionreiches Abenteuer** voller Wunder, das von der **Kraft der Freundschaft** erzählt - und davon, dass jeder Fortschritt nur so gut ist wie sein Schöpfer ...

„**Lesegenuss pur!**" - Rajets Fantastische Leseseite

„Ich war sofort wieder gefesselt, völlig in der Geschichte, die mir teilweise den Atem nahm, mich zum Lachen und zum Weinen brachte" - Julia / Amazon

SEELENSUCHER – Das schwarze Haus

Genre: Mystery

Teile: Teil 1 des Serials

Seelensucher – Ihre Experten für Übersinnliches

Seit frühester Kindheit kann Amber Woods mit den **Seelen Verstorbener** sprechen – **eine Gabe**, die sie nach ihrer Zeit im Waisenhaus zum Beruf macht. Gemeinsam mit ihrer besten Freundin Hailey gründet sie „**Die Seelensucher**" und hilft anderen Menschen, mit **ungebetenen, übersinnlichen Gästen** fertig zu werden.

Doch der Erfolg währt nicht lange. Während eines Einsatzes wird Amber von einer **dämonischen Kreatur** so brutal attackiert, dass sie nur knapp mit dem Leben davonkommt.

Schockiert und gezeichnet gibt sie die Seelensuche auf und zieht sich in eine einsame Hütte an der malerischen Küste Südenglands zurück.

Sie glaubt, dort draußen könne sie sich vor ihrem alten Leben verstecken.

Aber die Seelen sehen das anders ...

"Das schwarze Haus" ist Part 1 des Mystery-Serials Seelensucher.

Spezialedition mit 12 echten übernatürlichen Erfahrungsberichten.

„Ich hab das Buch förmlich aufgesaugt.“ - Larissa_liest

„Eine ganz klare Leseempfehlung, das auf jeden Fall zu meinen Highlights in diesem Jahr zählt.“ - Christina A. von Kikis Bücherkiste

SEELENSUCHER 2 - DÜSTERWASSER

Nachdem Amber sich im **schwarzen Haus** ihrer Gabe erneut geöffnet hat und Hailey sie überreden konnte, wieder als Seelensucherin zu arbeiten, wartet auch schon der **nächste Auftrag** auf die beiden.

Im **Waisenhaus Safe Haven**, dem Ort, an dem sie gemeinsam aufwuchsen, passieren furchtbare Dinge.

Innerhalb kürzester Zeit sind bereits drei Kinder spurlos verschwunden.

Ob wirklich ein **Poltergeist** hinter dem Geschehen steckt, wie **Mr. Bond, der undurchsichtige Heimleiter** behauptet?
Nicht umsonst nennen die Leute im Dorf das Waisenhaus auch "**den düsteren Ort**".
Was die Freundinnen in dem **alten Gemäuer erwartet**, ist jedoch sehr viel mehr als ein Poltergeist. Amber muss erkennen, dass die Vergangenheit nicht ruht - **schon gar nicht, wenn es eine so dunkle ist wie ihre.**
Etwas **abgrundtief Böses** lauert unter Safe Haven und es wartet nur darauf, dass Amber und Hailey einen Fehler machen ...

Düsterwasser, die lang ersehnte Fortsetzung von "Seelensucher - Das schwarze Haus".
Mythisch - spannend - übernatürlich.

„Amber Woods zweiter Fall: wieder ein Highlight!“ – Jess Ne

„Düster, atmosphärisch und sehr gut geschrieben - ich liebe es“ – marie / Amazon

SEELENSUCHER 3 – DER SCHATTEN

Ambers größte Angst ist wahr geworden.
Das **Albtraumwesen ihrer Kindheit** – der Schatten – ist wieder aus dem **Wandschrank in Safe Haven** gekrochen, um ihr nach Hause **zu folgen**. Und ausgerechnet der arrogante Ghostmaster-Schönling Noah scheint **ihre letzte Hoffnung** zu sein, ihn wieder loszuwerden.

Die Spur führt die beiden in das **schottische Dorf „Moonravine"**, in dem ein Unheil das nächste jagt.

Böse Stimmen flüstern im Wald, Vieh begeht Selbstmord und Ernten verdorren. Hängt all das vielleicht mit der **blinden Hexe von Moonravine** zusammen?

Und sollte dieses Ungeheuer tatsächlich existieren, kann es Amber helfen, den Schatten zum Teufel zu jagen?

Blendende Unterhaltung für alle, die sich gern gruseln.

"Ein wenig wie ein düsteres Hänsel und Gretel mit einer Hexe, wie es sie noch nie vorher gab"

„Gänsehaut vom feinsten..." - Alexandra Nagel

„Die beste Buchserie die ich je gelesen habe." - Nancy R.

Wie fühlt es sich an, von einem Stachelrochen erwischt zu werden?

Spürt man Bob Marleys Spirit nur mithilfe eines Joints?

Warum ist unser Kapitän plötzlich verschwunden?

Und was macht dieser zwielichtige Mann mit dem Krokodil?

Wer hat eigentlich behauptet, ein großes Schiff würde nicht schaukeln und Kreuzfahrten wären nur Kaffeekränzchen für alte Leute?

Mission Kreuzfahrt ist humoristischer Erfahrungsbericht, Wegweiser und Karibik-Reiseführer zugleich und zeigt, was passiert, wenn sich eine Herzblut-Individualreisende für eine geführte Schiffsreise entscheidet.

„Ich hab mich selten durch einen Reiseroman so unterhalten gefühlt." – darkeyes85

DAS ERSTE JAHR MIT EMMA

„...ein wunderbarer Erfahrungsbericht einer Hundemama, der einem zeigt, dass man nicht der einzige Hundebesitzer ist, dessen Nerven öfters mal blank liegen“ – Schmökerin / Amazon

„Ein humorvolles Buch für zukünftige Welpenkäufer.“ – MM / Amazon

„Großartig geschrieben, musste sehr oft hellauf lachen :-)“ – Marion Sollich

Bisher erschienen oder in Planung:

2015 / Mission Kreuzfahrt / Seiten: 180 / Genre: Reisebericht, Humor / Taschenbuch: 8,99 EUR / eBook: 4,49 EUR

2017 / PHYSIS / Seiten: 360 / Genre: Dystopie / Taschenbuch: 12,90 EUR / Hardcover: 19,99 EUR / eBook: 6,99 EUR

2017 / Das erste Jahr mit Emma / Seiten: 142 / Genre: Hundebuch, Humor / Taschenbuch: 13,99 EUR / eBook: 6,99 EUR

2017 / Mission Roadtrip / Seiten: 280 / Genre: Reisebericht Großbritannien, Humor / Taschenbuch: 13,99 EUR / 5,49 EUR

2018 / PHYSIS 2 – Die Umkehr / Seiten: 532 / Genre: Dystopie / Taschenbuch: 14,90 EUR / Hardcover: 23,90 EUR / eBook: 7,99 EUR

2018 / Seelensucher 1 – Das schwarze Haus / Seiten: 160 / Genre: Mystery / Paranormal / Taschenbuch: 7,99 EUR / eBook: 5,49 EUR

2018 / Seelensucher 2 – Düsterwasser / Seiten: 160 / Genre: Mystery / Paranormal / Taschenbuch: 7,99 EUR / eBook: 5,49 EUR

2019 / Seelensucher 3 – Der Schatten / Seiten: 160 / Genre: Mystery / Paranormal / Taschenbuch: 7,99 EUR / eBook: 5,49 EUR

April 2020 / Monochrom 1 – Das Erwachen / Seiten: 180 / Genre: Dystopie / Abenteuer

Mai 2020 / Seelensucher 4 – Die Festung / Genre: Mystery / Paranormal

Oktober 2020 / Seelensucher 5

Dezember 2020 / Emmas wilde Jahre / Genre: Hundebuch, Humor

Printed in Poland
by Amazon Fulfillment
Poland Sp. z o.o., Wrocław

56992419R00103